U0653650

正午日记

——牛黄爱情诗三部曲

黄
吉
韬

长江出版传媒 | 长江文艺出版社

AK-47

黄吉韬，1951年11月4日生。壮族。中国诗歌学会、中国散文诗学会会员，广西作协会员。曾在某大型国企党委宣传部工作，任文学季刊《金瀑》杂志副主编、宣传部下属印刷厂厂长；现任柳州太奇高新印业有限公司董事长。柳州诗歌学会常务副会长，世界汉诗柳州分会常务副会长。出版著作有：诗和散文合集《乡风温柔》，散文诗集《相思林》，小小说集《雀山》（与人合著）、《写在纪念册上的诗》，诗与评合集《牛黄写诗与品诗》，诗集《牛黄爱情诗选集——我爱你》，诗歌评论集《施施然诗歌读本》《牛黄新爱情诗：我和你》《牛黄爱情诗一百首：我想你》《牛黄诗歌集外集》等近十部。

无论在天堂或俗世，爱你的人都会第一眼看见。

序

爱情的黑夜有中午的阳光

周拥军

牛黄先生是写爱情诗出名的。他先后出版了《牛黄爱情诗选集——我爱你》《牛黄新爱情诗：我和你》《牛黄爱情诗一百首：我想你》爱情三部曲。可以说，煌煌巨著，皆是笙磬同音。与此同时，牛黄先生还多次举办大型的爱情诗歌朗诵会，获得很高的赞誉。这次又将三部书合而为一，结集出版，取名《正午日记》。出版之即，嘱我作序。我与牛黄相识不久，但源于对诗歌的共同情怀，引为知己。自然是不好推托，只得抽空将诗稿一一披读，读罢竟莫名生出些感动，让我死寂般的心湖渐渐有了涟漪，于是写下了下面的话。

《正午日记》，让我突然想起莎士比亚的一句诗：爱情的黑夜有中午的阳光。我不知牛黄先生是否取意如此。但我相信他对莎士比亚是衷情的，不然他也不会以“爱情”作为自己诗歌创作的主旋律。现实中的人们可能会有情感枯竭的时候，而牛黄先生却以饱满的生活之情，对“爱情”进行了全方位的讴歌和诠释——爱是无法躲藏的，爱要大声说出来。

牛黄先生的爱情诗，形式林林总总，引人眼花缭乱；内容丰富多彩，使人心潮澎湃。总结起来大致可分为三类：柏拉图式的爱情、乌托邦式的爱情、罗曼蒂克式的爱情。

一、柏拉图式的爱情

柏拉图式的爱情，是精神之爱，追求心灵沟通，排斥肉欲，追求理性的纯洁之恋。这是一种完美的爱情观。感情的事没有谁对谁错。正如一首歌里唱的那样：“不在乎天长地久，只愿曾经拥有。”在爱情的意念里，这个世界上存在一个生动而又完美的爱人，爱人是毫无瑕疵、唯一永恒的。也许这个爱人不会出现在现实，但永远存活在心底。

在牛黄先生的诗中，有着相当的篇幅是“精神出轨”的，并带着强烈的主观情感表达。譬如《情书第四十七》：

在这个月色溶溶的夜晚
我用高脚杯盛你
让我在朗月之上涂抹一点你的香
像远离故乡的水手，在甲板上
贪婪地吮饮着酒一样的月光

我要用你飘逸的长发造字
写成无尽的想念
我要把你胸前的小白兔
放养在我腮边的草地

我要把你向我宣战的那面战鼓
纳入我宽大心胸的乐池
我还要用蟒蛇般的双臂
箍紧你流水的腰肢

本诗通过比拟、通感、象征等多种修辞手法形象生动表达对恋人的炽热的情感。这份情感流露出一种强烈的漫狂之态，不要以为这是诗者纵情的最高峰了，牛黄先生还会给你最坦荡和裸露的表达，简直是近于病态的痴狂了。譬如《一切正在继续》：

石头是可以敲击音响的键
激越清音。有如潺潺流水

肩部裸露的三角区是愉快的回忆
霎时悄无声息。曾经的欢愉在哪里？

或许是双双倚靠沙发
面向桌上的甜点和鹅肝酱？

或许晨起：舌尖上游动的咖啡
与脑海中回味不已的下午茶？

还是旧时光里你垂肩触我颈项

那痒痒的一绺秀发？

多么像春天里长出嫩芽的草尖上

那晶莹露珠还发散出泥土清新的芬芳

全诗犹如一团烈火在熊熊燃烧，真让人欲罢不能。诗的语言魅力是这样无法解释的，对于男女之事，还能如此艺术和形象地表述出来。通过这一段文字，让我们深切地感受到：爱情不只是一种感情，还同样是一种艺术。不经意间便将你的心帘撩开了。仿佛温风拂面，即便你心是一块坚冰，也会被这浓浓的情谊所融化。

而在现实生活中，牛黄先生却是极为本分。在世界汉诗协会张家界工作年会上，牛黄先生带着爱人来了，他们在山清水秀之间的留影，共同上演一场相濡以沫的时秀，无疑会镌刻在我们一行诗人的记忆之中。由此，我们是否可以认同这样的观点：当人的心灵摒绝肉欲而向往着爱情之时，精神交流是美好的，是道德的，而且是闪耀着人性之光。包括对第三者的真诚表达。

二、乌托邦式的爱情

乌托邦是人类对美好社会的憧憬，是人类思想意识中最美好的世界。在这个世界里人人平等、自由博爱，没有压迫，就像生活在世外桃源。乌托邦式的爱情也是美好至极的、纯洁的，没有任何杂质和污垢。但这种爱情是不存在的，永远只能存在于人类的意识之中。

什么是最美的爱情和最伟大的爱情？如何才能得到最美好的爱情？这样复杂的哲学问题，在牛黄先生的爱情诗也有表现，同时也带有牛黄先生自己的客观认识和主观表达。譬如《我所爱的》：

我所爱的
是简约的，是无数的人
想象不到的夸张：
我们是中国式的爱情
是那餐桌上摆的竹筷子一双

爱情是餐桌上摆的一双竹筷子，这种表达十分出奇，却是现实生活中最为真实的抒情。看似简简单单的平凡爱情，却是很多人无法得到的。生活的点点滴滴都是爱情的凝聚力，这一点，并不是所有人都能够明白的。只有在生活中去历练，去感悟，才能认识到伟大的爱情基于平凡的生活。那种轰轰烈烈的爱情，也是在平凡的生活中锻淬的。又譬如《法兰西：见证我们的爱情》：

爱情用金钱来衡量是奢侈的
爱情用江山来衡量是奢侈的
爱情用生命来衡量是奢侈的
爱情用冰化成水是奢侈的
爱情用燃烧证明是奢侈的

我们的爱情像简单的石头
有上亿年漂亮的皮质包浆
有磐石般百折不回的心智
我们的爱不会被俗世污染

本诗通过排比来抒情，主观意识显得更加强烈。“我们的爱不会被俗世污染”在现实中也是不可能的。什么“门当户对”，什么“郎才女貌”？这些美丽的爱情标签，都是“俗世”的观点。在二十一世纪的今天，捆绑的爱情身上的附着物就更多了，房子、车子、票子等等，让我们身陷其中，都是一时无法摆脱的。

其实对于乌托邦这个概念的认识，每个人都不尽相同。所以每个人对于爱情的态度，也是不同的。每个人心中的乌托邦式的爱情也是不同的，爱情如不热烈，两颗心就无法彼此深深的吸引，如果爱情持续高温，又会为情所困，得不偿失。乌托邦式的爱情是每个人追求的梦想：当爱来临的时候，彼此能够疯狂地爱，极尽温柔；当爱的潮水退去的时候，又能够彼此自由地离开，互相守望和理解。牛黄先生在《横断面》一语中的：岁月躲进树的身体/只有爱刻在心的深处。或许这种矛盾的统一正是对乌托邦式的爱情的另一种注脚。是的，爱是一种感觉，感觉对了，一切都不重要。

三、罗曼蒂克式的爱情

罗曼蒂克就是浪漫主义情怀，而这种浪漫主义情怀对于诗人来说又是与生俱来的能力。优美的诗歌把爱情的热切与想象表达无遗。爱情之树之所以会这么枝繁叶茂，是因为罗曼蒂克式的爱情是生命必须奉献的最为热烈的欢乐之泉。罗曼蒂克式的爱情与乌托邦式的爱情、柏拉图式的爱情不同，罗曼蒂克式的爱情都有一个完美的结局。譬如《立冬短信息》：

尽管白云把阳光穿在身上
白云还会不知道夜的黑

因黑夜莅临
星星的光泽才显得更亮
哦，你的光可以温暖我的心

即使是淘气的冬来临

站成满天飞雪的样子
我说，今年冬天不会太冷

全诗仿佛是夏虫在低吟浅唱，却能像小溪流一样流进你的心田。情人般的窃窃私语，没有比这种耳鬓厮磨更能撩人心魂了。又譬如《情话一箩筐》：

在天空，我只需要你和我像双飞的那对燕子
屋檐下做窝。每天早出晚归：捉虫、捕蝉、哺育孩子

在一亩三分地，我只需要你和我
像瓜蔓一样，手拉着手，低姿态地生活

爱情像双飞的燕子在屋檐下做窝，哺育孩子，爱情像瓜蔓一样，手拉着手，低姿态地生活。爱情“我是你的影子吗？”“那你也是我的影子呀！”这些诗句透出的质朴情怀，让我们深深懂得：一切皆已陈旧，唯有爱情还在闪烁着光芒。这种浪漫是非常迷人的，也是非常持久的。

罗曼蒂克式的爱情是互动的，是你情我愿，一唱一和。在彼此的表达中感情得到升华。譬如《想……》：

你说，你不要——
不要钻石，不要金器银具
更不要什么表达心意的礼物
我要你平安归来
我只要你白日的气息
夜晚打呼噜的声音
没有你的日子
我睡不安稳，只好
用一天等于
二十年的速度，想你

这是以第二人称(女方)来表达爱情观和反映心声的，代表着爱情的一种呼应的态度，这是罗曼蒂克式的爱情的标识。如果一个男生为一个女生在楼下唱情歌，结果是女生从楼上泼下一盆冷水。爱情没有回应，就不会感觉浪漫了。

牛黄先生的爱情诗此类很多，除了《给娇娇的情书》外，《你要我说出思念的词根》也是非常值得关注的。请看：

你要我说出思念的词根
我脱口而出毛毛虫
男人就是这么直接

即是我想你：
吊带裙的颜色
裙摆下的蕾丝

男人的山山水水
你又不是不知道
恨和爱，其实一样
你日思夜想往深去了
也只是一口井

全诗通过“毛毛虫”“井”的象征性，表现男人的动物本能“直接性”，而对于女人来说，“思念”越深，就深陷于“井”了，表现女人对爱情的渴望和向往，同时也暗喻了女人在爱情方面常常不能自拔，为情所困。这种对比的修辞增强该诗艺术性。我们明白：爱上一个人是浪漫的事，当然也是一件很麻烦的事。

至于《我会永久占领你的心》：

为此，我需要你的道歉
因为我被关在你的门外
站成了一生一世的古董
又在长江边的山顶上
站成一亿零一万年的石头

站累，站酸，站麻，也站肿了双腿
站：一尊供人景仰的雕像
站：一处游人如织的风景
那是你江南春天的刺绣
你在我柔弱的内心布景
建起一座中世纪的城堡
我的掌心温度足以
熔化你那门框金具的锈蚀
秋夜寂寥的星
已经点亮我的心灯
我已放飞思念的鸽群
哦，那一只捎带的消息
可否到达你的手中？
我想，你应该是那位
带洛阳铲的掘墓人

这首诗是表现爱情的绝恋，还是表现爱情的轮回？我们姑且不去论证，但诗中表达对爱情的忠诚，足以让我们动容。全诗通过“因为我被关在你的门外/站成了一生一世的古董”到“我想，你应该是那位/带洛阳铲的掘墓人”形象生动地再现诗者对爱情的渴望和对爱情的向往。从另一个角度来说，也打破了“爱情是坟墓”的咒语，对于诗者而言，没有爱情，如是身在坟墓，只有心爱的人，才是“带洛阳铲的掘墓人”，是真正能拯救自己的人。在诗者看来，此生痴情一回，哪怕“站成一亿零一万年的石头”也无所畏惧。只等到那一天“你江南春天的刺绣/你在我柔弱的内心布景/建起一座中世纪的城堡”。这完全是一种浪漫主义形式的表达，但又确确实实地带有强烈的现实主义精神。

最后，我要与牛黄先生分享阿富汗诗人阿卜杜勒·拉赫曼的一句诗：

有的人把痴情视为愚蠢，
其实并非愚蠢而是睿智。

是的，对爱情痴情的人，一定是智者。爱情能给人智慧，能打开心门，去拥抱生活。爱情是上帝的手，能推开封闭的窗，能让阳光轻轻拍落飘泊的灰尘。

（作者系世界汉诗协会执行会长，《世界汉诗》杂志总编辑。）

目　录

第二部 我和你

第三部　我想你

第一部　我爱你

青鸟栖落在你的窗前

青花瓷里盛满蓝蓝的天

把旧日子过成谁的模样？

题诗：小照片上栖居的爱（二首）

南方雨濡湿的小巷

青鸟栖落在你的窗前
青花瓷里盛满蓝蓝的天
把旧日子过成谁的模样？
王洛宾的歌声还在马背上

旧舢板沉香氤氲濡湿小巷
我也把自己躺成街景的条石
你是戴望舒遗忘的那束丁香
你的身材修长
你的高跟鞋声音清亮
你的影子像蝴蝶一样
轻轻地落在青石板上

月夜白莲花绽开

在众目之下，你惬意生长
没有人时，你为谁一瓣一瓣地打开？
美丽在碧水中荡漾
生命在呐喊中释放本真的面目

雨骤风狂
没有谁能如你像白莲花一样
开放她那淡黄色的花蕊
喜欢蜜蜂一样喜欢清露的芬芳

谁诠释了您的唯美？
唯有附于洁白花瓣上的清露
珠圆玉润，如歌如诉

我怎样做才可以拥有你?

我怎样做才可以拥有你?
在你面前像羊羔一样温顺
学会聆听，像一束光
悄悄地落在花枝上

我怎样做才可以拥有你?
在草儿干渴萎靡低头时
以夜的包容，不动声色
撒下甘甜的清露

我怎样做才可以拥有你?
我应该平凡，学会下厨
每日。像模像样，烧火煮饭
你归来时，筷子与茶杯相遇

我怎样做才可以拥有你?

得到你不如得到你的心
我应该躺在电脑的字库中
变成最温暖的那一个字
随时随地，你可以用拼音或者笔画
把我轻轻地呼吸

我怎样做才可以拥有你？
我用炽热的目光燃情你的岁月
夜的火萎了，灯灭了
昼的格桑花依旧热闹地绽放

我想写旧日久违的蓝

腐朽化为神奇
是立冬日的小故事

一帧旧照片能令
看小照的人心潮汹涌

一件旧衣服出于你的巧手
又妥妥帖帖，温暖了我的身

一首《鹿回头》诗意
在说过去的天，是那么蓝

旧的人事，旧式词语
是多少令人难忘，令人依恋

你不说谢谢，我多么高兴

我不再说一路风景风光无限

江南的旧窗，有潮湿的温馨
是你淅淅沥沥雨声的呼唤

我翻身跃起写写旧日，写一写
北京APEC后，那久违的蓝

雨后，皓月当空

一轮皓月挂在空中
水洗过的天空蓝得可爱

滴滴答答，一声又一声
是那雨棚不甘寂寞的回响

回味是刚刚雨点的柔顺
半宿的夜雨缓慢而深刻

她让你的失眠成为常态。你说好累
好想有一个肩膀靠上一靠

雨后的山在远天耸起肩头
那枚圆月依然挂在山坳口

风像顽皮的小男孩吹着口哨
谁拽坡顶山楂树的梢头轻摇？

我曾经是楼下吹口哨的那个人

在红双喜和中国红盛大的礼堂
我目睹你今日手指上的幸福——
那应是我俩选定的“指环王”！
它闪烁着贵金属的光芒
现在却是我一首诗的句号

我对你的祝愿没有杂念
瓦蓝瓦蓝的天空万里无云
我的爱有如正午的阳光
泼洒着透明与纯粹

大海的波涛静静
让你我感觉不到海水咸味的悲伤
这也许是南方甘蔗林的青纱帐
混合了北方荼縻的风
——让我，此刻成了调酒师
把什么想起，又把什么遗忘……

偶遇烟雨江南：致L

没有烟，也没有雨
亦没有雾霾，天气朗清
你妩媚的眼神
被西塘晶亮的水域收存

桂花和柳丝醉意蒙眬
浸在酒里还有女儿红
青豆在窄窄的巷子里飘香
乡音亲切，记忆清零

一把梳子像夕阳卡在山口
就像你倚在虎丘的山门
遥望岁月，来去匆匆

我们将共同忆起西塘西街夜色
老了的风说，哦，过去如梦
未来如烟。现在却烟雨西塘

话题如一颗青豆抛入嘴里

酒精灯的火苗幽蓝，烤鱼飘香

哦，那时的景，如何不是梦中？

相约上海深秋：致U

相拥而眠是星星和露珠
窗外有风声做着鬼脸
小溪整夜喧哗。多么安静
间有秋虫低鸣。一声、两声

夜深的小木屋，偶尔传来
两三鼾声蘸着浓汁默写夜色
修改着穿黑袍人的梦境
白天的日子随着河里的流水

花开两朵，各表一枝
浪漫的罗马没有假日
不如归去。归去，归去！
柳岸龙眼树下，听听子规声急！

就这样，江心屿：明丽闲适优雅

水之湄，时光在这里转弯

你的目光，终将温暖我们一生

你是秋风读懂的葵花宝典

像太阳，穿上光芒的铠甲
潜入向日葵的腹地
笑傲江湖，笑向万亩葵花
风啊风，把笑吟吟的心境
公开、公布在今秋

岁月是庄园尖顶古色古香的旧
岁月也是土地上金灿灿的新
庭院深深。有谁能读懂平静日子
一页页翻过，那岁月的内心？

拴马桩旁，伫立过金戈铁马的荣光
青砖卵石堆砌是岁月斑驳的围院
村头一亩荫庇，古榕凝固了时光的青翠

我有如秋风过境，携带
一部《葵花宝典》，走进你岁月的深处

你绣着光荣的十字绣。举手投足
拴着闺蜜的调笑嬉闹
别开生面，集体婚礼把曾经的幸福写上蓝天

我向你讲述喜闻乐见
讲述庄园如流云飘走的平凡

快乐潺潺。是那缓缓的秋风
轻轻抚摸一匹锦缎的河流
我愿随着你明快的欢爽
做一次艳遇凡·高名作的旅行

岁月雕刻的杰作在艳阳里闪烁
画面是一把遮风挡雨的黄金伞
作为一朵葵花绽放的形象
囚在我心屏的镜框里……

你任性像淘气的小孩

时间让你生气，一朵花儿
被你撕扯，花瓣撒满一地

你的忧伤像垂首的云
严丝合缝裹起阳光

天空有一匹白色的云轻轻飞过
像小马驹，远远和我捉着迷藏

南方喀斯特山峦放牧的，全是一簇簇石头
而北方草原风吹草低处，全是觅食的牛羊

狂躁不安的你，像大海掀起波浪
我愿栖息在你的心脏，那大海深处

愿与不愿，人生都是虚幻
归依来临，一切醉于梦乡

这个世界，你和我曾经
真切地存在并且活着

而在遥远的海平面有一叶小舟
浪花偷走并簇拥我送你的平安

切开梨分两半想你的时刻

题记：树的成长曾经秀着爱的阳光。

秀出一树叶子的草绿
秀出一对白鹭的缠绵
也秀出一树梨花的白
却秀不出梨树枝柯里
曲里拐弯疯长着的年轮……

还记得那片叶当初的嫩绿吗？
还记起那花儿最早的芳香吗？
还记起梨花带雨时的娇羞吗？

是的，匆忙。有谁注意到池塘中央
鸳鸯耳语话悄悄？

只有，也只有这——
梨果里的心形始终藏着，掖着
那最初心中纯洁的静美……

我要把你变成幸福的女人

树上蝉声，由远而近
一缕夏风，附在小叶榕的枝条上
青青的榕叶，拍打夏日的虚空
池塘里的荷花，伫立一只红蜻蜓
自然而真实，就像深红吻着粉红

太阳深情地将金色的余晖给予了：
那山川的树木、小草和流水
鸟儿拍翅，叫声划着优美的弧线
天空静谧安详，就剩下无边的喜悦

快乐无涯。一些亲昵细碎
像蜗牛和金甲虫慢吞吞地爬过
多么美妙的场景，乐不可支的午后
我和你亲密的壮举，山河动容

欢愉和顿悟，一切妙不可言

那滚烫的肌肤，是我的宣言
色厉内荏，我把你的唇你的舌
完美地收纳，然后融会贯通

一只鹂鸟，张开嘴，一声声地呼唤
声音愉快轻盈，阳光饱满呼应
生命灿烂。是我：让你，一步一步
成为花园中快乐绽放的玫瑰
让你成为世界上一个最幸福的女人

温暖的平安日，江心屿抒情

就这样，一些种子被飞鸟遗忘
在高高塔顶，生长着诗意的绿色
唯有此时，我和你躺成一尊风景

就这样，一幢苍老的围城古堡
斑驳的旧墙外，新郎与新娘接吻
白色的婚纱拖拽着喜庆的气氛

就这样，温暖的平安日
暖阳高耸，阳光明艳
收到你一千个苹果和一万个祝福

就这样，我把一百个男人的嫉妒
以及一千份咬牙痒痒的无奈
郑重地还给那些没有桃花运的男人

就这样，在江心屿，我与你相遇
在诗心岛，我与你诵读千古
咀嚼唐诗宋词元明楹联现代佳句

就这样，江心屿：明丽闲适优雅
水之湄，时光在这里转弯
你的目光，终将温暖我们一生

写给冬妮娅：致T

题记：《钢铁是怎样炼成的》是我十几岁接触到的一部书，冬妮娅和保尔幽会的章节把我迷住了。

冬妮娅，你青春靓丽让我着迷
我将书本一页一页地翻过
我的心和你的心一起跳动

冬妮娅，你青春靓丽让我着迷
你雪白的颈窝，你那好看的鼻子
我喜欢你，亦喜欢你迷人的眼睛

冬妮娅，你青春靓丽让我着迷
你娴静，读书时的优雅让我想着你
我和保尔这愣小子先后分别爱上你

冬妮娅，你青春靓丽让我着迷
爱的上面一撇是你高贵的姓氏
一座高塔宝盖下有一座净心寺

冬妮娅，你青春靓丽让我着迷

我的胸腔里藏着一颗情种的心
在异国府前街我挽你的手

冬妮娅，你青春靓丽让我着迷
在异乡。我凝望奔流的瓯江水
想你那无邪的眼睛，想象两小
无猜，为你打架的保尔……

冬妮娅，你青春靓丽让我着迷
我爱上你，有谁将是我的情敌？
啊啊，我为你，将和谁较劲
干上一架，保尔吗？不——

冬妮娅，你青春靓丽让我着迷
保尔爱上林务官的女儿
他喜欢是他革命前单纯的你
我喜欢你喜爱坏小子的单纯

冬妮娅，你青春靓丽让我着迷
那一天清晨，谁，一声不吭？
却用眼睛和我说着话儿……

冬妮娅啊，冬妮娅，冬—妮—娅
有一个人站在你的身旁，他是谁？
时间仿佛落叶，蝴蝶像晨光一样轻轻地飞
有的人在记忆里来过，仿佛那咸咸的泪水

我到温州等了你

森林中一只斑鸠苏醒
大雁迁徙，从南方飞来
秋风中，一片片黄叶张开

旅行的秋风带上爱
鸟在鸟巢里夺得金牌
中国风的含蓄妙笔生花

青花瓷是永生的色泽
披红挂绿，像春天刚刚离开
秋天果实，彰显温州是温暖的

廊桥上，一对花蝴蝶生动着阳光
款款走过的，是群山

写给1月11日晚共餐的红衣女郎

早上的阳光细碎，一些色彩
缤纷温暖。在梦的边缘翻找
那时的记忆。似有似无
如笋。从内心袅娜生长

初恋神奇。往往失而复得
邂逅，是多么幸福的事情
新红旧红，隆重而且美丽

我一杯接着一杯，细细斟酌品赏
一本摊开的书如干红总是浸透着
那时的芳香。而春的使者
是一只或两只灵巧的燕子
总是在霏霏细雨中剪辑柳丝
总是在令人窒息中不期而至

我所爱的

是简约的，是无数的人

想象不到的夸张：

我们是中国式的爱情

是那餐桌上摆的竹筷子一双

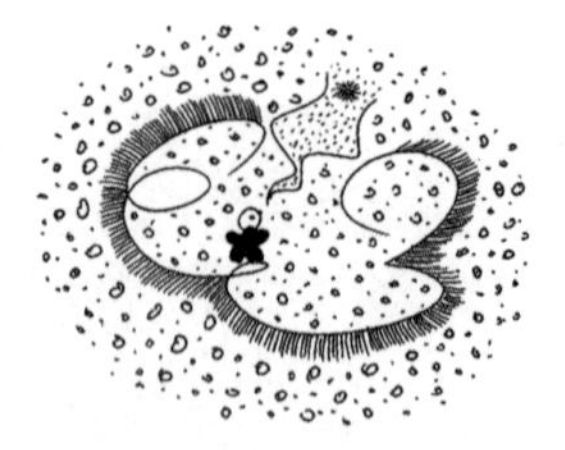

我的德令哈

我的德令哈
不是戈壁草原寂寞的小站
是星星眯眼那可爱的笑靥
静静地倾听风优雅的歌唱

我的德令哈
不是青海那位姐姐的沉静
是一轮新月当空的羞涩
是感应磁场强力吸铁的响动
是飞瀑击石凌空穿越的喧嚣

我的德令哈
不光是海子内心暗流涌动
而是爱情不顾一切的追寻
是月亮对大海无限的眷恋
就像钱塘江潮穷尽波澜

我的德令哈
不只是诗人矜持一唱三叹
是干柴烈焰腾空熊熊燃烧
是我一见钟情火热的爱情
是南方满山红杜鹃的绽放

我的德令哈
海子不能此岸到达的彼岸
我将像夕阳释放光芒一样
变成明天的朝阳冉冉升起
让大海蘸着阳光书写情书

我的德令哈
是缀满星星空阔的天空里
有我心仪一颗美丽的星辰
我爱的目光是滚烫的诗句
融化着你，永远掳获你的芳心

我的德令哈
菜园里的一秧木瓜，雌雄同株
生一大堆孩子。在冬天
在容易被霜打的心上扛一把禾草
一同走过那最难挨的冬季

我的德令哈
不是银河两岸的牛郎织女
一年只有七夕那一丁点念想
我们厮守，将一同慢慢地老去
我们头顶银发就像双老山的雪景
美轮美奂的晶光锃亮

我的德令哈
是我们始终不渝的爱情像雪莲
把一颗心挂在那儿
仿佛两个相爱的人
走在春天的屋檐下

一只寂寞的蝴蝶

飞起来的时候

多么美啊

仿佛心跳

仿佛光的悬崖

青铜像：给Z

在花朵之上，我只是岁月
一闪而过的影子
在幽谷深中，我是飞鸟落下的
那一声鸟鸣

在你的眼眸里，我是一条
自诩无名的小溪
虚无将是我三生石上的约定

我的魂魄行走大地
流年里，我是被孤独
触摸过的光

命中注定的流水
命中注定的落花
我被挟裹其中

一只寂寞的蝴蝶

飞起来的时候

多么美啊

仿佛心跳

仿佛光的悬崖

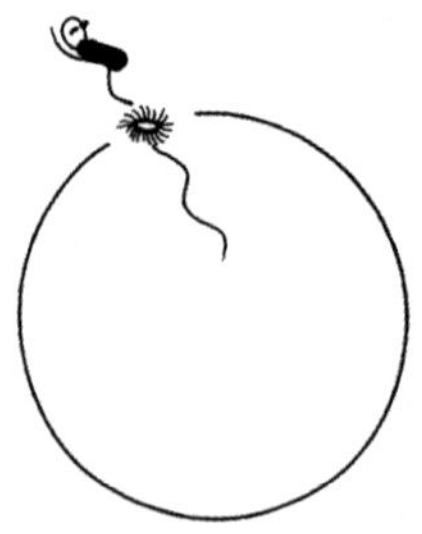

少年时

水渠边，禾垛旁
青梅竹马数星星

榕树上蝉儿唱曲
你纳鞋唧唧和鸣

勿忘我靛蓝面绣鸳鸯戏水
塘中鸭儿“嘎嘎”叫声欢

层层纯白布丝丝不染尘
千层底针脚密密像星星

忘不了又黑又亮的粗辫子
忘不了雨水落在你的名字里

如果爱

如果爱
请不要怪罪那枚天上的月亮
让你无所事事像嫦娥一样孤独
整天懊悔吃药飞天那件糗事

如果爱
我将尽我所能让你感觉
你之于我多么重要
你就是我那双眼睛一样

如果爱
愿你的月光抚摸我
给我浪漫的清辉
令我遐想

如果爱
将是婚姻，将是一枚硬币的两面

令我们身陷镍币分子的包围中
让你我每天为开门的七件事——
柴米油盐酱醋茶忧心忡忡

如果爱
我真想打退堂鼓
让我们一同回到圆的起点
唇唇相碰，吻着对方
舌尖刚刚翘起，感觉是那么新鲜

如果爱
就像触电的秋天一样
秋虫鸣唱，天空开阔
一张枫叶红着脸，耳热心跳
递过一张岁月爱过的名片

如果爱

我们将羞答答躲进对方的眼眸
各自用明亮清澈的眼睛捕获
心头红鲤荡漾涟漪

如果爱
你就是我的全部，包括身体上的疼痛
包括我们曾经的花前月下清风
包括你额面皱褶里贮藏
包括我吻你时
那蜜一样的泪光

立冬短信息

题记：我的爱人，请你到这首诗里取暖。

尽管白云把阳光穿在身上
白云还会不知道夜的黑

因黑夜莅临
星星的光泽才显得更亮
哦，你的光可以温暖我的心

即使是淘气的冬来临
站成满天飞雪的样子
我说，今年冬天不会太冷

一切正在继续

石头是可以敲击音响的键
激越清音。有如潺潺流水

肩部裸露的三角区是愉快的回忆
霎时悄无声息。曾经的欢愉在哪里？

或许是双双倚靠沙发
面向桌上的甜点和鹅肝酱？

或许晨起：舌尖上游动的咖啡
与脑海中回味不已的下午茶？

还是旧时光里你垂肩触我颈项
那痒痒的一绺秀发？

多么像春天里长出嫩芽的草尖上
那晶莹露珠还发散出泥土清新的芬芳

致英子

三月，家乡的金樱花开了
一朵比一朵白
像雪一样
当金樱花开时
我就想起你，英子

那年冬，修水利
我住你们村
“农村学大寨”，墙上标语白
下霜的路上禾草也白
都比不上你白皙的皮肤
当我一个人的时候
我特别地想你，英子

你是蒙在鼓里的
一个毛头小伙子的单相思
你是不知道的白璧无瑕

他从同学处觅得四人照
“咔嚓”剪辑只把你留下
你是不知道的，英子

从暗恋到迷恋
从地上一直到地下
你知道一只老鼠没有尾巴
像小老头一样自卑和木讷
注定我们不能成为恋人
至今仍成为我心中永远的痛
我想你，英子
你只是我潜藏心头的秘密

花开花落。如片片雪花
雪落在雪里，雨落在泥里
大地收获雪雨
而我两手空空。那年的金樱花
就这么开了，像飘逝的雪花

在觅食路上。在南京看到的雪景
令我情不自禁又想着你，英子

你走出大山的方式
竟然是相信吹得天花乱坠的人贩
你掉进埋葬你命运的陷阱
每年清明金樱花开的时节
我闻其中一朵花啜泣的声音
毫无疑问，是我日思夜想的你呀！英子

命运是大海中漂泊的船
白天是永远不知夜的黑
你命运之舵不掌握在你的手中
你青春的蜜被陌生狂徒吮吸
你天生丽质，被狂风一瓣瓣吹落
英子，我的英子。你——
被嫁的时候，爱你的人谁也不知道

我想象大海和你的泪水
同样咸津津的苦涩
英子，听说你的死
是离奇和特别悲情
一天早晨，你神情恍惚
你在红河码头洗衣裳
被红河浪无情卷走
红河水，一个漩涡套着另一个漩涡
英子，你竟然就这么走了？
你那又大又亮的眼睛竟然看不见前路吗？

听说你的香魂总是找不到
是你不敢面对生活
还是生活把你抛弃
这个世界缺失任何说辞的诚意
也许，天堂是敞亮的
英子，你在天堂过得好吗？

我所爱的

我所爱的
天空中积雨的云
我以美丽的彩虹拥吻你
我们早已没有
一星半点年少轻狂
共一架天梯通向快乐天堂

我所爱的
未必是肤浅的海滩
五颜六色。未必是我喜欢的素颜
甜美宁静的那张脸
宠辱不惊
不说漂亮永远

我所爱的
是简约的，是无数的人
想象不到的夸张：

我们是中国式的爱情

是那餐桌上摆的竹筷子一双

酒曲曲

你说我们好久不见
我说隔了一世纪
你说你还记得我的模样
我说模样倒是忘了
可你的小酒窝忘不了
你说我真坏，坏透顶
我说是呀，是！
看到你的大眼睛，我闻到酒的香
你说你这人，就是坏！
不可救药
我说你不是人，是害人精哪，不待见
害得我数瓦顶，数不到只好数席格格……

唉，我的小曲曲，我只好这么想：
——有了曲曲，我就可以唱着歌儿梦见酒
——有了酒，我就理直气壮
用你脸上小酒杯盛酒

——有了酒杯子，我就能喝上酒
——喝着，喝着，我每喝一小口
我便能吻你一下
——别怪我。我心中的小曲曲
我这辈子逮着你
是因为你是我的酒曲曲

三月，我们的故事

一轮满月一羽素白。清辉
无声无息。漂洗尘埃

在洼地，我是一汪清凝之水
你是那颗寂寥的辰星
若隐若现，在水底树梢上招摇

你令人微醉的亮眼，一闪一闪
是否在暗示什么？我却把你
十二分的倩影，静静泊在心中

鹿回头

我是拿着爱神之箭的猎手
你是我心仪的那一许温柔

两个人的战争是拉锯战
无论谁输谁赢或是不分伯仲
都是令你和我
陷入万劫不复的爱情

请你快些跑啊！别等我
别回头，小心诗
那是我磨得锃亮的箭镞

永驻的绿意

我是千年流水
你潜伏我心。相拥
白云却像飞鸟扑棱地飞走

喋喋不休。潺响岁月
绿水分享青山，青山依恋流水
静若处子。永远树的绿
我的爱人，你缄默
蹲守。像是一只只蝉

你是一首青春的诗
我就是诗的韵脚
就像你是花，我是花的香一样

与火龙果有关

——写给爱妻L

爱的浓汁是酒意炼成
孙女牙牙学语指着火龙果
每天的日子像蜜一样
流过惬意棉质的生活
如果我先于你仙游撒手人寰
我欠你余生我应侍奉你
比天高的甜情蜜意
如果你弃我驾鹤西去
你应当欠我一个
比死亡还深的拥抱

一个人一生一世的努力
不是功名利禄，而是背后
即一棵树下的那一条小径
我和你每天丈量的脚步

时光一点一点雕刻果实

同时又一季一季清除落叶
比酒杯更像酒杯
是那只爱的水果
在生命的五分之一处
我搂住你，握住你
一勺一勺，贪心地掏空
你的甘，你的醇

你对付另一半的武器是口吐莲花
我醉心于你满口莲花
你像红烛欢快燃尽一生
你照亮一屋的光明
爱的平凡简简单单
确实是与一只火龙果有关

你让我想起火龙果

第一次见你
你是那样美丽
红衣红裤红扑扑的脸蛋
还有那飘逸绯红的纱巾
你让我突然想起火龙果

在客厅茶几的果盘里
香蕉客气欠身弓腰
像标准的日本婆姨
梨子羞涩不声不吭
像低头捏衣角相亲的她
苹果却赤裸美艳肌肤
像乔布斯展示的那只苹果

而你则躲在茶几另一端
矜持如同邻家妹子
用一身鳞片的绯红

把自个儿严实包裹

这种营养丰富的水果
光滑火红色的鳞片之下
雪白肌肤镶嵌星星点点
黑芝麻般漂亮的黑宝石
多么像你美丽的黑眼睛

书签上的诗(二首)

发　妻

发妻，请你原谅
你一直躲到我的身后
当我们老了的时候
我才领悟这两字的含义
我歉意地把你顶在头上
你只好用一头的花白
接受那寸许的阳光
我们俩静静坐爱枫林
让轻盈的晚风轻轻拂面
迎候那一份迟到的爱抚

涟　漪

为了早晚能见到你
我住进汲水井边的草庐

用最原始方法结绳记事
把看见你的次数记下
一年三百六十五天
我的心，把你装得满满的
好似你担两桶水面的涟漪
晃悠悠全是你的影子

见 你

我的脸是桃花坞

你的手划过
像秋风过境
草尖佩饰圆
晶莹叮当响

还有桃花急雨
红酥手砸熊腰
我说：“痛哪？”
你“哎哟”叫唤

你用贫嘴堵噘嘴——
你说挂油的瓶我说抹油的嘴

问　石

题记：石头上的纹路是一对恋人，他们拥抱，接吻。

山盟海誓变成石头
恋的誓言被时间镌成纹路
爱的话语是那么动人深刻
像是陨石擦过天宇

无爱时代的恋爱史
是出版石上的恋歌
外星人无法破译
现代人也是无法认知

装模作样呢？他们是谁？
爱是那么甜蜜吗？
他们为什么密不可分？
爱真的很久远吗？
哦！吻得忘情——
拥抱太久，你们觉得累不？

世界上珍贵是因为稀少
和非常态的不可思议
远古的爱情用沉默
回应我的多嘴

即景四十五分钟

18：00

不见不散躲在手机里

树上吱喳叫的鸟儿归巢

太阳正在鹅山一带散步

月亮正在街角打着太极拳

18：15

情侣成双入对。步行街

只身踱步的他感到热浪逼人

此时，太阳正在急速冲下山去

月亮仍正在城市冰冷的建筑物上方慢慢腾挪

18：30

你的脚步声自远而近

踩亮了一盏又一盏远远的街灯

此时，太阳正走到鹅山的背面

月亮正在他心中的河流彼岸升起

18：45

宝岛的牛排刚刚煎至八成熟

他想着太阳也许落进地平线下一米深的井里

此刻，升起的两只月亮在他内心的树杈重叠

不夜城的天空霎时间涨红了脸

映射着卡座里柔和的包间

旅欧情书十封（组诗）

第一封：邂逅别

生长和怒放是属于春天花花草草的短句
而停驻水上木桩的蜻蜓是夏天故事里的逗号
伴随发动机的轰鸣声，维多利亚港湾
一只大鸟拍翅腾飞。云儿带走你的思念
一只白天鹅优雅和鸣，让诗性的太阳光芒四射
你说："我会想你的！"我想你不会随口说说
你我的手紧握。就让我们再握紧一点吧！
好心情是雨后生长的蘑菇
一不留神长出惊喜一片
温馨和浪漫总会不期而至
——包括行程——包括惊喜——包括邀请
我是童话里那雨后挎着竹篮进出森林的小姑娘
戴着小红帽，在瑞士某一处山谷的草坪等你！

第二封：白日梦谑

明天我一定要去的
到红磨坊，或到有大风车的地方
寻找我从来没有闲暇而漏掉的幸福
面朝地中海
郁金香花开

海鸥盘旋蓝天。紧一声，慢一声
而海水，轻轻拍打我苏醒的脚趾
柔软的沙滩上有我慵懒的富足
怀抱午后的阳光，像抱着一只金色的猫咪

蒙蒙眬眬的梦中：在圣诞节的晚上
我和长大了的卖火柴的小女孩
手拉着手，散步在异乡的大街
不再寒冷的大街的那一头
飘来一阵阵烤鹅的香

亲爱的！那是童话与现实
浪漫的生活，也许是诗人的一厢情愿
唯有你，一定要占据我异国的梦乡
要让上甘岭主峰顶上红旗飘飘
虽那彩幡猎猎，也许只是欧洲
他们那无名高地上的
落落寡欢

第三封：我只是你的气根

这些年，我主外你主内
操持家务，你是我的泥巴
我是你泥里长的一棵树
好比站在故乡村头那蔸榕树
榕树苍翠挺拔，一亩荫庇
人们很远望见而忘记榕树下的泥土

我说，这次我要飞得很远的
飞机一坐就十多小时
我要走到地球另一端

你说，走得远好呀！
你还对孙女开玩笑说：
爷爷，远走高飞了！

我说，哪能呢！
我飞得再高
也是你手里风筝

最朴素的爱情
就是南方榕树的气根
一点一点，一年复一年
从空中长起的根须
又回到爱他的泥土里

空中生长的榕树气根
来自坚实的大地
又用粗壮的胳膊拥抱
脚下朴实的土地

第四封：静物——围脖

围脖是你送我的
又被我带到天上
毛茸茸的爱抚，无声无息
九天之上的我
戴上她，像不像枕着你
那白皙的手臂？

想你。笑吟吟的样子
我眼中活脱脱的你
像修饰过非常好看的文字

你的爱，却一寸寸地生长
极像圆满的英文字母O

围脖，只是一件静物
经过我的直译变成信物
今夜在异乡，我将她
描述成睹物思人的物件
她优雅如水银的毒物
明晃晃的一件毒的物件
是你我别后，你一直静静守候：
挂在空中，山楂树顶上
那一轮美丽的月亮

第五封：把幸福写在脸上

小酒馆煤气灯嘶嘶作响
屋子里壁炉火燃得正旺

关上百叶窗
拉上纱布帘

让幸福写脸上
让浴后发慢干

我给你读叶芝词
然后我们轻轻躺

读我给你写的十四行
风儿调皮轻叩门和窗

不速之客细雨轻轻访
尖顶屋面纷乱脚步响

欧陆我们进梦乡
他乡异国梦儿香

第六封：你是我的伊丽莎白

古堡里弥漫的气息
编就这缠绕鲜花的流苏
你是我的新娘和王后
今夜，由爱神引路
我是你燃烧情欲的太阳
你是我希望攻陷的城堡
我将用红唇作为陷阱
我命令你：给我这爱情之吻！

忠实仆人小矮人总是说：
“可以的！为什么不呢？！”

当你从梦中醒来，我的爱人！
新的凯旋门将朝你洞开
我们那大腹便便的酒桶

收走我们在俗世所有烦恼
我们的百花园里彩色缤纷
她将装满你梦醒的惊喜

来吧！我美丽的新娘
冰酒甜腻着你的发香
唯有死亡才能令我们分开！
让我们高举生活之杯
饮尽这杯中幸福的醇酒
唯有爱和亲情
如日月似的绵长

第七封：冰酒，那舌尖上的爱情

你感知到我的存在
我屏住我细细的呼吸

你感知到我淡淡的冷峻

我将矜持装成我的模样

你感知沉默是金是男性的一种美

我将生命中十二枚月亮暗藏心中

你感知我晶莹的目光里对你深情的热烈

我将东升西落的太阳光焰收存在岁月的存折里

你感知我吮吻你悸动舌尖的快感

你感知冷冽冬季宁静甜美的醇厚

你触摸到炎炎夏日天高云淡的诗意

你体会了明媚春天芬芳的绵长

我是你挂在葡萄架上等待风干剔透的宁馨儿

我是你置于晨曦草尖上那唯一的晶莹朝露

我是你八千里路的云和月

第八封：致一位叫雪的女子

“酒品即人品！”
你说得真好
异国他乡，我们的孤独
被啤酒泡沫收走
你是我眼中的豪杰
爱美、豪饮、知性

布拉格之夏应是
一个诗人春天的诗境
金黄色的油菜花里
留下你的倩影

一路走来
有高山的地方
必有雪的踪迹
你可爱至极的道白
照出黑夜魑魅魍魉

有谁能够阻挡——
火山口熔岩的奔涌！
今夜，我把我自己
变成一朵花，一朵
系在你发辫上的玫瑰

第九封：致像茜茜公主的你

匈牙利的皇宫很美
你一头秀发也很美
你名牌短上衣的蕾丝衫

优雅地暴露网眼的性感

只要风度不要温度
从古到今，不胜枚举
好细腰，缠小脚，饿骨感
穿高跟，打耳洞，拉皮整形
从民间女到皇后
从亚细亚到欧罗巴
所有套路如出一辙

在德鲁巴休息室里
我可以和你待在一起数小时
吮饮着东方的诗与西方的咖啡
尽情对你说诗和生活，说东方西方
说茜茜公主，也说她随时携带那口磅秤
尽管信口雌黄，说三道四
茜茜她听见与否没关系

反正她像你一样和风细雨
对我这种温文尔雅的人不会发怒

我们从老远的亚细亚来
虔诚走进茜茜皇后的会客厅
并非为了诽谤替她梳头
却长一副聪明脑袋的仆人
“不脱一发”是神话
是眼疾手快，藏匿的谎言

要是我，宁愿不要颈椎病
不要这一头秀发的累赘
也要像割韭菜一样割掉它

亲爱的你，我的“茜茜”
请你允许我这样称呼你
不仅仅因为你长长的秀发
重要的是你那善解人意的心

第十封：在你的来路（给小倩）

在你的来路
我是你想象的高山
山顶上布满了白皑皑的积雪
将送你炎夏欧陆休闲式的清凉

在你的来路
我是你渴望湛蓝的天空
天空的朵朵白云
是我为你写的诗行

在你的来路
我是一坪绿色的草地
草地上长满为你开放的鲜花
蟋蟀唱着怡情的恋歌
蒲公英跳着缠绵舞蹈

在你的来路

我是路旁那棵高高的橡树
我将枝叶繁茂，浓荫如影相随
随时为你献上绅士风度的殷勤

在你的来路
我将引领你走进教堂
然后向你单膝跪下
献给你一枝郁金香和一枚戒指
请求你成为我美丽的新娘
我将是你人生路上忠实的导游

草根的爱情是神奇的（组诗）

蒲公英

阳光和风是你的媒人
自由自在，四处安家
哪里都有你繁衍的子嗣
你是天下多情的种子

勿忘我

时刻温暖我心
因为你将中文仨字
绣成一株植物
无论我往左或往右
都不离不弃
一双合脚的鞋
一双金不换的鞋垫

三叶草

三叶草是幸运草
世界上风水轮流转
会说话敌不过牙牙学语
新人换旧人，第三者吃香
我就知道有人夺走
你对我的挚爱
可我还会更爱你，爱你
为另一种爱的憔悴
连同爱你身上的乳香

桃花

阳光洒在桃花的脸上
亮丽总是最初的日子
那年春天

你的身影被岁月
存进我心底的银行
每年三月的月份牌上
你总是开得最旺
那溢出的利息
是我一生
回味无穷的福利

世界上的一切，包括爱情

就是影子和影子的拥抱

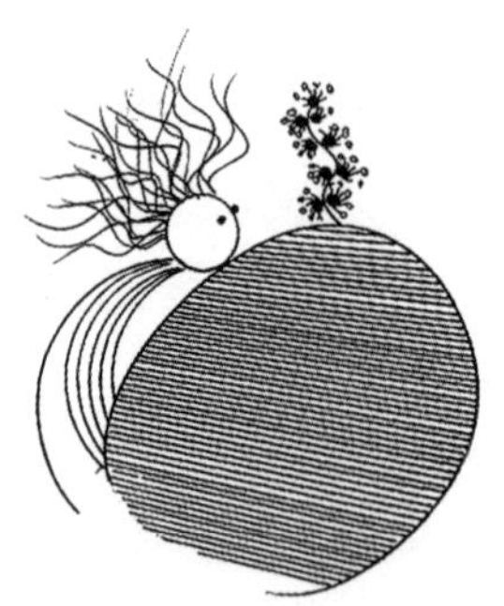

唠　叨

时光是一把利斧
收获的是秋天的落叶
天空飞过一群大雁
记忆的天空只落下羽毛的轻盈
时光的绳索捆不住燃情岁月砍下的那堆柴火
唯有你，在爱的星空里——
与我对视，与我低语
你说早餐说天凉说添衣
说我的毛病说我的臭脾气
说我的所有。如数家珍
我知道放大镜放大他的形象也放大瑕疵
你的唠叨将是我冬天的暖
你是我秋天枝头繁花的红艳

吻

爱有如鸡冠花般的突兀
有如迎春花般的灵动
有如含羞草般的娇羞
有如金樱花般的神圣
有如杜鹃花般的韵味
有如茉莉花般的清雅
有如夜来香般的芬芳
有如荷花般的高洁
有如梅花般的动人
有如千年红般的壮美
有如玫瑰花般的热烈
有如马樱花般的欢乐
有如郁金香般的醉人

夜的玫瑰：致M

跑道上的灯纷纷让路
飞机在起跑线上滑行
玫瑰，在远方的风中摇曳
香。浸漫一轮新月的航程
从此，醉夜的眼迷蒙
上弦、下弦，均是
一张蓄势待发的弓
疾飞箭矢
是你呢喃的诗句：
千里共婵娟！

画面上的狐媚

天使的眼睛长着翅膀
我的心随之飞翔
高高的山冈上
是否有爱站立的地方

月亮沿着太阳轨迹
将柔情的水银
铺满男人的心脏

恋爱中的人啊
不是在爱中永生
便是在爱中死亡!

你要我说影子

梦是思想的影子
黑夜是白天的影子
太阳是时间的影子
月亮是太阳的影子
星星是月亮的影子
云彩是梦幻的影子
梦幻是真实的影子
真实是你我的影子
而爱就是恋的影子
“我是你的影子吗？”
“那你也是我的影子呀！”

世界上的一切，包括爱情
就是影子和影子的拥抱

我爱你

我用我的眼睛换成你的眼睛
我用我的灵魂换成你的思考
我的血脉与你的血脉永远相通
我爱你胜过我爱我自己
你的幸福是我内心的欣慰
你安详于我创造的氛围
一个人爱了
就是奉献他的心智和灵魂

唯有爱永存

达那厄龙卷风掀起的情欲
将演绎到最高潮
将爱情还给爱情
将命运还给命运
将贪婪还给贪吝的小人
我的诗句将一语成谶：
金钱的来去将无迹可寻
唯有爱，唯有爱
永久长存！

爱 人

饱满的阳光穿过季节的窗户
光影轻柔地舞动身姿
温暖她赤裸的灵魂
她赤诚的眼眸如电
阴霾的郁愁
还在遮蔽她的快乐
我将为她打开一扇窗子
让问候的阳光排队进来
请你轻轻地转身
看着我渴望的眼睛
我，就是你要爱的人！

正午的意大利

一切阴影都在逐渐变矮
我心情的潮水不断涨高
淹没着威尼斯的繁华
阳光在你洁白的肌肤上舞蹈
我却用东方人挑剔的目光
摘下你晶亮如葡萄的眼眸
在没有疆界的艺术地域
我正在正午的意大利
收割类似唐朝后宫的
风姿绰约

丰收女神

我多想扯来一床锦被
遮盖你辛劳之后的甜梦
我多想在收获的稻穗之上
放一把写满字画的苏州折扇
为你驱走盛夏的炎热
我多想偷偷拿走你的镰刀
牢记“磨刀不误砍柴工”的古谚
在天井的石头上磨刀霍霍
为的是让你多睡一会儿
我还想在你的后脑勺
用我胳膊做你的眠枕
让你丰收的美梦
更加引人入胜！

你的美艳

令山羊胡子胡思乱想
令阿拉伯的神灯失去光焰
令天下男子的缠头
抖动如蛇
红绸裹不住你的娇艳
你的双眸如电
微笑如面包松软
含羞草只会含羞
我也将思绪的缰绳收紧——
记下这丢魂落魄的思念
记下漂亮女神和天下所有的女人
她们才是男人的全部

昨天的情话

像玫瑰的花瓣荡漾在碧绿的湖里
鱼儿泼刺跃出水面
激起圈圈涟漪
昨天的情话
在时间的皱纹里
潺潺流淌
终有一天
那片空空的云
载走了甜蜜的记忆
往事如烟
成了猜不透的谜语
最初的日子
在岁月的河里
躺成一种永恒

在南方

金色的箭镞穿透
云彩的封面
大滴大滴的阳光分娩在南方
太阳按下雨点的琴键
山山岭岭
阅读空中愉快的乐谱

太阳雨
演绎南方女人男人
温和与执拗的情调
阴柔与阳刚
是雨点和阳光
是南方那幅
七彩霓虹的壮锦

现在，我仍用我的

一生寻寻觅觅：

我爱的人，你送我的大海在哪里？

夏之思

霞光如你的红唇
吻着我夏日的天空
虹，悄然爬到你的脸上
初升的太阳是初恋的邮戳
悠悠白云带走我的躁动
向晚星空下的海岸
有徘徊的影子
岸上的棕榈树
是我心目中理想的憧憬
叼着一轮圆月亮
清辉潇洒大海的喧嚣
真想把潮汐拓印
然后，用快件邮寄
这一份相思

致爱人

生活
并不容易
每天面对功名利禄
面对日常繁杂琐事
我们倾注了太多的热情
浪费了太多的时间
于是
霜雪冰冻了我们的头颅
长江黄河爬上我们的脸庞
岁月造就我们冰凉的左手右手
我们的青春和美丽成为过去
我们还将温情和浪漫
抛洒。或许被日子争食

有一天
我们发现
我们犹如陌路人

见面只点点头
热情之泉不再喷涌
热血如止水不再奔流
热吻在相框里被束之高阁
成为过去的珍藏和现在的奢侈品
偶尔的欲念如流星
刹那间掠过天际
无影无踪

被今天的重负压抑
岂止是温情和浪漫?
我们虽是卑微平凡的普通人
难道这功名利禄是人生的核心?
难道这油米柴盐是生活的全部?

活着，你有我，我有你
每天的日子都是新的

包含每天每一个脚印
每一次心跳都不是简单的重复
我们为相聚相守而快乐
我们庆幸没有第三者隔阂的烦恼
只要不是生离死别
只要没有那撕心裂肺的动容
只是短暂分别
无须发愁
只要我们还能在太阳落山之后
在公园里散步
只要我们还能在早晨
太阳三竿时分
你提菜篮，我推婴儿车
一同从小巷里走出
左邻右舍微笑地向我们打着招呼
那是多么幸福惬意的事情！

街边那两棵老树

她们的根在地下缠绕着
她们的枝叶繁盛地升向天空
当微风拂来树叶沙沙的响声
像是她们呢喃过去一往情深的爱情

学学那街树
她们为爱情坚贞挺拔
她们不会淹没在为名利奔忙的人流

三十九岁生日

你飞过三十九朵云
你越过三十九座山
你蹦过三十九条河
你翻过三十九坡顶
你跨过三十九道坎
你褪去三十九次皮
你学着做了三十九次鬼脸
你踩碎裂成三十九面的旧镜子
你撕碎了三十九本年历
你历练了三十九种瑜珈
从冬到春，从夏到秋
三十九岁的青春年华
一树挺拔傲视蓝天
一花开放蜂飞蝶舞
有泪有诗有歌有乐
今日祝你心想事成
你的酒窝盛满我的祝语

你的容颜绽放如花
你心藏桃花源，何处云水间？
吹灭蜡烛后，你还是徐娘不老
四十一枝花
你用你的身影
给岁月一个回答

七月的白日梦

——写给D

太阳总是扮演一枚唇膏的角色
他抹红了海面柔软的嘴唇
有人轻轻告诉我：
神把太阳厚厚的一本爱情日记遗失
而把记载青春时光的手表
遗失在大地的眠床上
哦，白日梦的欢愉总是聚少离多
爱情欢笑的夏天无论是多么的甜蜜
总被太阳雨的醋意中和
总是被锋利的七夕的镰刀所伤

打　开

我打开你的身体
就打开了你我的心跳

你体罚我的拿手好戏
就是解除我的武装
哗变我的部队
俘虏我雄兵百万，还要
拆散我身体每一根骨头
你变成一只斑斓猛虎
躲在我柔情四溢的双目里

现在，我仍用我的
一生寻寻觅觅：
我爱的人，你送我的大海在哪里？

华清池里的睡莲

题记：爱情是奢侈品的话不糙，对于高高在上的皇帝来说，他的江山社稷也盛不下他小小的爱人。

一捧捧爱情的心形
从唐帝国摇曳而来
覆盖住正史的清池
如一叶叶鲜碧的故事
与野史的浓艳嫁接
妆成可爱的粉黛
将中国皇帝后宫
那点风流韵事
涂抹得没有了其他颜色

莲叶何田田
莲花香如许
那翘起的莲花瓣
多么像贵妃屈兰指
池中两朵莲花白
就像那根索命绫的端头
那白绫圈套里有曾经欢愉的粉颈

滴血的泪和那乐极生悲的玉环
那曾经摆在皇上面前江山与美人难以取舍的考卷
那曾经面露难色的皇上搔落的几根白头发和笑柄
都已经统统沉入昔日的华清池底

朵朵睡莲是贵妃的泪滴染
经历千年风雨已不光鲜
华清池依旧清冽
唐时月仍然高悬
久违传说中的人事如幻似真
也好似眼前
那东倒西歪的睡莲

像风一样的爱情

你分为四季
你分为上下
你分成冷暖

哪里，哪里可以
把你的芳心安放？

河洲，河之洲
你皱起眉头
你扬鞭打马嘚儿嘚儿

背景的温暖
是挂在春天墙上一页诗笺
是两个人的百花争艳

不要问：致F

不要问风为什么
与云彩贴得那么近
不要问诗意的天空
为什么深情地俯望大地
不要问容纳百川的大海
为什么波涛汹涌心潮难平
不要怀疑辛劳的工蜂
劳动的动机纯与不纯
既然这样，你，我的爱人
就不要再傻傻地问我：
“为什么爱你？”

昨夜东堤

如那心形开满鲜花
楚楚粉红兼以菊白
簇簇心事
搂不回过去旷阔形渺

当年一叶的绿
夹进诗集的扉页
盈盈细节
我雪藏于心
如未预热烙铁的红
无热无味无烟
可烙痛的是心

昨夜东堤
手机拿起又放
放下又拿起
心形

若梦渺渺

东堤之景
如花的开落
谁知我心?
匆匆

一格格的花砖
匡不住昨日
楚痛的徘徊

岁月岂无痕?

——写给2010年情人节

把一片一片雪花顶在头上
褪下冬天一寸一寸的水牛皮
穿一身又一身春天的斑斓
丑年与壬年交接的日子
我在冰冷中苍老地走向死亡

这一天我将躺下
睡在玫瑰花丛中
我微笑地撕开胸膛
捧出我的跳动的心

她就是我最后的遗嘱——
她的鲜如你最初的言笑
她的红如你当初的纯真
那是飘雪之下
小草渴望春天的梦想

请用你碎了的青花瓷
盛装。我的鲜红，我的心脏
请你用放翁的句子。诵经
保鲜我们曾经美丽的爱情

再用李白月下独酌的杯
斟满唐朝的美酒
用元旦与春节的虔诚
一股脑倾洒在我的周遭

还在我的颌面放置一颗梅子
还种一子鲜亮的红朱砂
在我的胸前放置一枝梅的绿叶
阵阵梅香将溢满我的心间

让张爱玲的深刻为我祝福
让花无缺的故事为我流传

点燃三炷香吧！袅袅香如故
我的石，我的心，对影成三

我将在世界另一个地方
领受你和你恨爱交加的谢词

爱的十四行

我的信使，小小的蒲公英
我诗的子弹瞄准向你掌心
小小的信使，我的蒲公英
托起轻轻，你用你的掌心
她是那么的小，那么的轻
小到一如你爱情线的纹深
我的信使，小小的蒲公英
她蹲守在你爱情线的末端
我的信使，小小的蒲公英
她替你将你的爱情线延伸
瞄准，狙击手的枪管准星
对着你，欢呼雀跃的声音
我的信使，小小的蒲公英
邮递我如阳光透明的纯情

幸福的盐

是一些易溶于水的物质
开始是白色的晶体
纯洁透明，当渗有
感情，她就化成水
咸咸的，组成
眼角的泪

当你破涕而笑
我多么想是那幸福的泪
只有此时，我挨你最近
两行清泪是我的双手
缓缓抚过你的双颊
从你心底跑出，那一瞬间
我明白了，亲爱的
我已占有你的心！

短诗三首

如　果

如果你是弱不禁风的柳
那我先给你阳光
雨水其次，不能灌溉太多
你茁壮后，再给你喝饱

如果你是有心的人
给你开一味最苦的药
喝了眉头紧皱，印象深刻
饮百味也只认这一味
苦中有甘，味蕾带甜

如果你是深山的人参
我就是伴你身边的灵芝
雨骤风狂，我将为你撑起我小小的伞……

比　喻

你把爱的热情喻为火的燃烧
我说不妥
我不想燃烧后化为灰烬
我认为应像今日
开在时间上面的花朵

心　情

一块石头跳着越过水面
先是青蛙，后是涟漪
午后阳光是杯中之物
饮也醉，不饮也醉

仿古铜镜

亲爱的
我比不上那位
你要星星，便信誓旦旦
摘下月亮，摘下太阳送给你的人

我只能尽我所能
作为丈夫上街买菜时
顺手买来一面仿古铜镜
挂在你的梳妆台上
见证你青春的美丽

它应该是我们的亲爱之物
今后，它将照彻
我们一生的爱情

拐了个弯来爱你

当月光遮挡你明媚的双眸
当夜色黑灭你仅有的光芒
当聒鸦叽喳吵醒你的宁静
当风霜雪雨阻挡你出行
请你，请你不要惊慌
今夜，我一定拥你入怀
你将永远闪亮在河的中央
一旦没有你守望的身影
我会寻你寻你
无论高山阻隔
无论岩石挡道
寻你等你，我将泊成河湾
那是我爱着你，拐个弯
拐了个弯来爱你！

一对情侣的五十次初恋

我不相信山盟海誓
我不相信天长地久
我不相信那空谷传音
我不相信大海的涛声
便是你我约会之后
你一遍又一遍说爱的声音
我想象每天太阳刚刚升起
我和你在大海边的餐厅
如含露棕榈树初见阳光
一见钟情舞动婆娑
将印象投射沙滩
我想象我走到你的车旁
道别时我们俩的手紧握
四目相视
像恩爱情侣那样
有约生活中的每一天
我们初见多么像电影

男女主角动人心魄的传奇
每天遗忘每天又上演初恋
我就相信刚刚出炉的爱
就像用棕榈油特制的面包
是那样熟悉的热乎
和永远的新鲜

想　你

我在南方想你
回忆就像北方下雪
飘飘洒洒，飞飞扬扬
忆你那可爱的脸
总让我想起第一次
生吃红萝卜的感觉
爽口还带着亲切的京腔
味道如同母语一样
我总抓不住梦中
吻你的感觉

我在南方想你
回忆就像南方的雨丝
淅淅沥沥，缠缠绵绵
屋顶的雪是那么厚
就像你的声音一样
暖暖地包围着我

总让我想起你
为我铺的那床棉被
总让我想起你丰腴的手臂
光滑柔软，总让人想你

今夜，我只想你一个人
你就像冬日里的画
你的窗总朝我洞开
就像你的目光
暖暖的，暖暖的
温暖着我一生

你只是我的圆圆

你不是皇帝临幸的妃子
你只是我的圆圆

你不是军阀独霸的小妾
你只是我的圆圆

你不是贪官们的情妇、小三
你只是我的圆圆

你更不是侠士的神仙眷侣
你只是我的圆圆

圆圆，我的圆圆
你始终都是我的那个圆

从起笔到落笔
我生命中的圆

行行复行行
我写在诗里的圆

心碰着心
我藏在心扉里的圆

我的圆圆，圆圆
普通平常，土得掉渣
一生。老是抱怨嫁错男人的女子

圆圆，我的圆圆
我抱在怀中的圆圆

拉小提琴的女郎

湿漉漉的人群像春天枝头的花瓣
穿梭来往的眼睛像蜜蜂吮吸蜂蜜
你的琴弦震颤令人们顾盼生辉
地铁拉小提琴的女郎

你款款登场。不光是美妙的音响
还有你俏丽的脸庞，那红着脸的范
不愧是大家闺秀的模样
地铁拉小提琴的女郎

我们深知汉语言文字博大精深
俏丽不能言尽你的美丽
美丽不能囊括你的内秀
地铁拉小提琴的女郎

拉小提琴的女郎，你高雅华贵
你的音乐韵味绵长，音域宽广

随着你的手势，我的目光变得像琴弦一样

被你美丽的手拉得越来越长

我在一本书里极度抒情

我在一本书里写下痴情：
我在她雪白的全身烙满我的唇印
在她光滑的粉颈挂上我亲自为她挑选的玉佩
在她深深的酒窝里盛满我用爱酿造的酒水
她的内衣是我选自北欧：雪松的故乡
我手捧这名牌吸引了许多女人火辣辣的目光

她神似日本女子，有俏丽面容和象牙的皓齿
迷人的雪山高高耸起，令天下多少男士
把头高高地扬起，让目光像蝴蝶一样
憩在她的发际

趁她熟睡，我托梦梅花，给她带去春天
然后，我脱下她优雅的外套，给她围上羊绒围巾
给她绵软的腰肢束上一条漂亮的金腰带

我双足蹬着她为我买单的跑鞋，里面踩着她

千针万线于灯下绣的，寄予无限祝福的鞋垫

整个夜晚，我和她相拥而坐，在乡村的屋顶
看新龙年焰火蹿升天外，看流星雨划过夜空
此情此景，我笨拙的嘴唇却只能发出磁性的语言
像在一本书里写满了极度抒情。我的措辞:
动感、高挑、明艳、倾心和亲亲
显得彬彬有礼的样子令人动情
就像我笔下一个叫雪的女子

不老的江南

静静的山谷，有一股清悠悠的溪流，在汩汩地流淌。

斗转星移，季节更替。溪水平缓如镜。

河中央，有两颗晶莹无比的石头，并排在水底。溪水日夜温柔地抚摸着那两块石头。

当水浅的时候，就有洗衣的大嫂小姑在石头上捣衣。岁月的清晨，捣衣声声，不绝于耳。是过去江南一道独特的风景……

青色的山，无色的水，蓝色的天……

时间久远。溪水流过的河中央仍并排着两颗晶莹无比的石头。任凭飞鸟不时地掠过天空，任凭岁月像流水一样，今天去了，明天又来，周而复始。溪水曲曲折折，诗情画意地向人们诉说她的天生丽质。

黛色的山，绿色的水，飘浮着片片白色棉絮云的天空……

唯有河中央仍躺着那两颗晶莹的石头，溪水仍缓缓地流淌，流过季节的长河，流向我们的心间。温柔的溪水，滋润着我们。

江南不老，因为风景，因为爱情，还因为出于胸腔那一颗跳动着的诗心……

静物：电视和桃

怎么会忘了呢？
桃是他爱吃的水果
却摆在桌面几天不动
而心绪不宁的电视
先是脑瓜发白
后来是满屏雪花
然后才是死寂的静物

盲音是心的遥控器
连续几天无从想起的人
像卷起的包袱遗忘某处
忙，是俗世薄情的借口
此时，桌面另一静物的桃
正一点点地溃烂

第二部　我和你

你甜美的手，像空寂的夜里行进的秒针

走动。最小密集的时间单位

犹如蜻蜓点水

具象的神山：致G

雪山高耸。美人迟暮
千年万年躺成崇拜

我在你怀里。一步步
叩首，直至变成
你心尖上的河流

离

燕子来过
她为爱情的小家
在檐下搭了个窝

急雨来过
她为扬花的禾苗
下了一场及时雨

你也来过
为孤寂的我
捎来一束丁香的慰藉

最后，你什么也没有留下
包括曾经像爆炒豆一样吵嘴的声音
和茶杯沿那鲜红的唇印

情缘是岁月漂走的芦花

漂走的还有夫妻百日恩

剩下，只是门外苦楝树的寂静
树底下躺着老黄狗和它
偶尔的一声叹息

唯美献词：致H

这真是很炫的画面
空气凝固。清晰可闻
一根针落地的声音
走遍天涯的草
纷纷倒退，滚下山坡

炫的长发飘逸
拴住云的思想
如蜘蛛侠的触爪
相亲相爱地亮相

美腿扬起的风情
炫姿俊朗如铁
洗亮人的眼是磁的吸引

鸟儿不敢飞来
风儿不再轻摇

大地不起尘埃……

岁月是一根木桩子
距幸福只半寸之遥
唯有年轮把心事
悄悄缝进岁月
一个圆连着一个圆

我会永久占领你的心

——和女诗人施施然的同题诗

为此，我需要你的道歉
因为我被关在你的门外
站成了一生一世的古董
又在长江边的山顶上
站成一亿零一万年的石头
站累、站酸、站麻也站肿了双腿
站：一尊供人景仰的雕像
站：一处游人如织的风景
那是你江南春天的刺绣
你在我柔弱的内心布景
建起一座中世纪的城堡
我的掌心温度足以
熔化你那门框金具的锈蚀
秋夜寂寥的星
已经点亮我的心灯
我已放飞思念的鸽群

哦，那一只捎带的消息
可否到达你的手中？
我想，你应该是那位
带洛阳铲的掘墓人

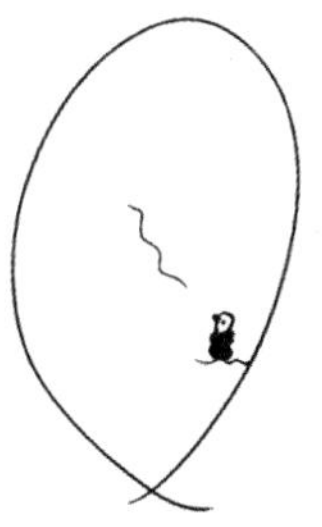

你甜美的手

你的手轻柔，像风掠过
感觉像檐雨：一声又一声的催促

你甜美的手，像空寂的夜里行进的秒针
走动。最小密集的时间单位
犹如蜻蜓点水

我想到月光。婵娟千里
我想到口渴和夏日玫瑰

情　愿

在你行走的路上
我情愿是剪径的强盗

在你打尖的小店
我情愿是迷魂的孟婆汤

在你燃烧黄色经卷咒我的烘炉里
我情愿是那条金不换的小黄鱼

情愿你用你的目光
把我望成一条河

樱桃红了……

樱桃红了，正值夏天
一匹快马
把你从遥远的北国召来

南方以远，我闻到北方
樱桃熟了的味道

他的梦：一骑红尘妃子笑
你是他的国王
让我领略心与心的尖叫

青　花

青花朴素，青花明亮
在本子上显露你雅与慧的名字
在硕大笔套佑护的笔尖
有你期许的墨水流出抒情的文字

我在想象：未曾谋面的女子
如何在俗世上疾行
而在网上一遍又一遍逡巡
寻找表达爱意的礼物？

可惜你只是小青，我不是许仙
青瓷上演绎的雷峰塔
依旧如梦
昔日的青花高耸云端

青花坚韧，青花柔软
我坚信：宋的青花碎片

应该在现代的U盘

镌出秋天的河流与闪电

……

徐家汇的时光

旧的时光里
小径长发披肩
裤管吻着清露
轻巧的脚步声
惊飞街舞的彩蝶
一只蚱蜢扑向草丛
引来落叶数声咳嗽
不合时令，鸟在高压线上抒情

如今，在徐家汇靠窗的地方
有一朵葳蕤的蓝紫花
开放。旁若无人
岁月钗裙，环佩
叮当。叮当响处
过往浮华暗香
徐家汇就放在这里
像一张永远不会过时的照片一样

情书第四十七

在这个月色融融的夜晚
我用高脚杯盛你
让我在朗月之上涂抹一点你的香
像远离故乡的水手，在甲板上
贪婪地吮饮着酒一样的月光

我要用你飘逸的长发造字
写成无尽的想念
我要把你胸前的小白兔
放养在我腮边的草地

我要把你向我宣战那面战鼓
纳入我宽大心胸的乐池
我还要用蟒蛇般的双臂
箍紧你流水的腰肢

端午记事：菖蒲草儿

我们在公园溜达一圈
就像共同走过一生
走完从乡村到城市所有路程
而在那天我刚把你姑娘时的羊角小辫
拴在一本书的封面上

那是我63个端午前一天傍晚
你是为门前那一挂绿着的风俗
我和你在公园小池塘面前停下
我看见太阳的余晖把你的发辫照亮
惊心动魄地闪烁某部分的银色

我替你拿鞋，傻傻地看你
而你卷起裤管走进水的中央，走向那株菖蒲草儿
我想，冰凉的水亲着你洁白的肌肤
不喜欢喧哗的那些岁月，就像石头坐在那里
长满苔藓，发着微微的光

一排排多么甜蜜的种子啊！

就像我们俩连绵不断的爱情：甜美而多汁

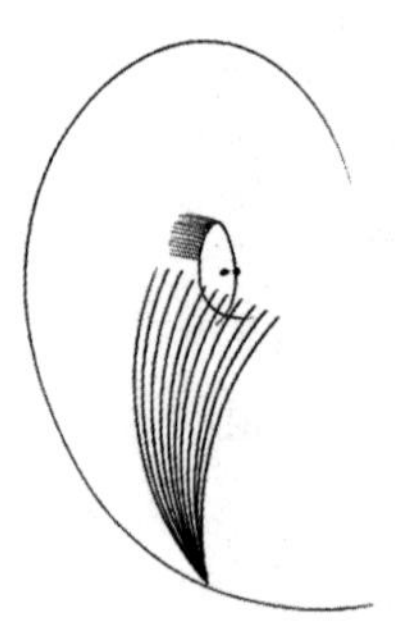

香　椿

香椿，听你那沙沙的耳语
有时是我童年，有时是一条河流的嫩绿

有时，你是飞上天空的一朵云
有时你是那夜半时分：掠过我耳畔沙沙的耳语

当欢乐风生水起的时候

当欢乐风生水起的时候
你也会听到沉默的绿叶
唱出美丽的声音
当你的内心是一朵花的时候
羞涩的栅格也关不住你的芬芳

你的眼眸似雪
给冬季的亮色布景
你飞扬的裙裾像剪刀
裁出秀丽的春天

你说，别怨昨日阴云
你说，别问未来风雨

我说，你就是美的风向标
我说，你是日晷，是我永驻诗意的金轮

呈现与无题的美

呈　现

你的黑发在秋阳下
呈现芦花状的雪景
我紧拉着你
不会松手，你的影子
多么美，仿佛天鹅的脖颈

无　题

匍匐在尘世
花朵在倾听

我像被你遗忘的时间
活着，仿佛蜜蜂经过
路边雏菊时的
那种安宁

子夜书

就这样，黑夜包裹灯光
黎明前的黑暗加重夜色

我把你藏在哪里?
哦，只有心房
只有心房是最保险的地方

亲爱的，过去是一帆风雨
未来必定是风雨兼程
生活海洋的深邃唯有情感可以丈量
鸿雁拍翅可以扛起天空的高远

有些故事却在梦境里发生
沉睡的早已经沉睡
无眠的总是这滴着露水的天空

子夜的风正张嘴说行踪诡秘
但星星们一贯发表光明

海水无论昼夜总是在絮叨
和我一样，总是惦念你的归期
当子夜是一首诗的时候
当海平面的一竿帆影出现
我早已经在码头等你
黎明的微光仿佛是我
为你写下了这首诗的标题

石　榴

在水果摊前，我们买下一只石榴
我假充斯文，怎么掰也掰不开
我想：这么大，她应该有如十五的圆月

你三下五除二：红心裸露
你说，这是抗衰老水果
多食，对健康十分有利

我手捧着它，连连点头称是。你看：
一排排多么甜蜜的种子啊！
就像我们俩连绵不断的爱情：甜美而多汁

为你写诗

从秋天写到春天
从元月写到九月
我用诗句踮起脚尖

我用一首首诗的热烈和性感
用尽天下所有男女钟情的羞涩
用尽江河爱恋大海之上的那种蔚蓝

再从炎夏写到寒冬
再从九月写到来年
我用一本薄薄的稿纸，写下
我们每一次彼此的凝视
每一次凝视之后的果敢
我写你婀娜的头发
我写你乌黑的发辫
我写你白皙的肌肤

我写昼与夜

我写你任性要我——

在你的肚皮之上

画那只消魂的黑蝴蝶

我写春光以及春光之下

那花枝和花枝的乱颤

我还要写你会说话的眼睛

你眼睛里那喷火的目光

我还要写你圣洁的脸庞

写你仰望太阳的样子

令阳光的万道金光

赠予爱情

和那无限的垂怜……

那抹彩虹：写给走着走着的婚姻

我盼望你轻盈的到达
就像盼望夏天最后一趟末班车
此刻中秋。你仍像平时笑吟吟的样子
看着我手起刀落，将婵娟二一添作五
递你。是一半一半有味的甘甜
爱，是秋日温度计上的汞柱
一点点，在季节里慢慢升起

我们在妙美浪漫中
任春风布雨，冰雪融化
我和你走过池塘，走过草地
也走到晚霞满天的枫林里
弯弯小径亲吻落叶。自然所赐
呵！那美好的：枫的深红
一片接着一片，在风中飞舞……

将半日之闲，换你呦呦鹿鸣

是谁？把这只线团缠绕紊乱：
没有章法，又是那么紧绷
使我们不能解开，或分辨头尾
这半日之闲，是你和我共同找到的河岸

聚少离多。家，等于旅馆
你只是家里一盏灯
开着或关着，都是寂寞的电

当我将半日之闲换成你的欢颜
呦呦鹿鸣，食野之苹
你是花儿吗？我看到蜜蜂
授粉之后花容的柔媚与娇艳

当我将半日之闲换成你的欢愉
呦呦鹿鸣，食野之蒿

你是水稻吗？我看到稻穗扬花
灌浆后显露那种甜蜜的饱满

当我将半日之闲换成你的欢心
呦呦鹿鸣，食野之芩
你是莘莘学子吗？在万众瞩目的听写比赛中
我看到了拿下艰辛和正确的词汇后
那一个女生展颜的欢欣仿佛好句好段……

人生百期，我们预支金钱，预支健康
也预支我们朋辈的友谊、父辈的孝道
我们也同样牺牲夫妻情绪应有的氛围
我们应该明白：半日之闲之于爱情是多么可贵！
就像园丁晨起，我和你的笑脸
是尘世最美的花园

写给葵

葵是你名字末端长起的草本
我是邻近土生土长的植物
草根的我们，走过相携相伴的早春与晚秋
也走出磕磕碰碰的胡同，在红水河畔
我们曾经陶醉在那跌宕起伏的山歌调里

岁月的模具打造的一颦一笑，你我十分相像：
我是鱼，你是水，水总是鱼儿幸福的因子
你是水，我是鱼，鱼总是在水里惬意地游来游去
面对生活的登机牌，你总是替我选择靠近窗口
路上风光无限，总是我一人独享

茹苦如层叠的页岩堆砌在你原先美丽的脸庞
苦难赠予是一道加法。付出的总有
令人喜出望外的惊喜——
哦，老了。我们成了两只形影不离的核桃

在时间老人的掌心里转呀转！

生活已经给予我们太多，所以
我们外壳坚硬，百虫不侵
我们内心永远甜美而丰足
我们在一起，像一条河的两岸
流水带不走你和我的笑语欢颜

怀念是一枚星星

当怀念是一枚夜空上的星星
岁月是否是哽咽的长笛?
悠悠笛声应该是——
那匹稍纵即逝的白马
驮着你我的情绪飞奔

怀抱着春光诗意的人早已远去
自由和爱情是生命枝条落下的叶子
诗情用长发及腰的青春寻觅
我也在用我粗糙的一生寻找

当思念的影子在星空的石板上钉钉
当寄托情感的诗集卷成一管长笛
当时间的情敌倚在羞涩的门框哭泣
吹奏长笛的人是否一定是你?

海燕与浪花

风暴。也许是龙卷风
漩涡中心。海燕凌空

你说山歌传唱藤缠树
你说花园，细数花与花香
你说一朵花，那蝴蝶飞过时
神赐的快乐

当你如一朵浪花那样吻我
我说，我还是我，大海是悠远的旋律
我是它刚刚唱出的歌

你我所知道的风暴中心
海燕是快乐的
浪花也是快乐的

一生，我始终很牛地

把你冠在我姓氏符号的前面

所以，这文字总能发散光芒

这署名叫爱情

我不止一次当着你的面
在第三者面前，原汁原味
朗读，每一行我写给你的情诗

你的矜持，是北方寒冬
湖面厚厚的那一层冰
其实，一百个愿意的内心
是冰层之下的暗流涌动

对于生活这本诗集的署名
我们之外的第三者总是很好奇

对于讶异的目光
我总是不厌其烦，一再叨絮：
我的名，才是我的姓
我的姓是所爱的人的生肖！

一生，我始终很牛地
把你冠在我姓氏符号的前面
所以，这文字总能发散光芒

当我构思这首诗的时候
窗外，一株向日葵
金黄色的脸饱经风霜

我想象她如一个人笑着
面对着我。彼此普通简单
就像你和我，深情款款
平静、长久地注视着对方

写给亲爱的警察

我称女友叫警察
因为她经常管束我日常生活
查看我钱包，克隆我的手机卡
警惕着我和她之外的女子交往
我知道她的朋友叫嫉妒

警察的朋友是我的敌人
我的敌人仅限于警察的朋友
称警察的朋友为匪亦不为过
因为她抢走我对警察的亲近
当警匪联手对付我的时候
我用孤独对付她们

即使这样，我对警察仍心怀敬意
我多么希望警察：堂堂正正地爱我
每天口角或者做爱之余，仍然满面春风
和我喝早茶，谈一谈天
说说这个国家

时间只是爱情的符号

我和你：分针与秒针
爱了，不会停下
我们和时间赛跑

爱情的棋盘。完美的风暴
船，进进出出。幸福的港湾
你来！我总在甜蜜中等你

钟的摆，时光的惊叹号
时间风暴中的梵音
飞奔吧，爱情中的精灵

灵巧的小白兔。一只、两只
一串数字、一组数据
和一生一世

来吧！你处心积虑

磨刀霍霍。爱像蜜
是值得记忆的日子

坐在时间弯刀形的马背
驰骋。我从不会屈从你的安排
我所到之处，所向披靡

钟面。那妖异的花朵
阿拉伯数字，闪亮、健硕
分分秒秒分享：你和我

一万光年后，我们仍躺在
沙滩的遮阳伞下，做日光浴
让时光的潮水
从脚趾缝中慢慢消退

河流正在经过大地的怀抱

你是那一望无际的蓝

你是我还没有来得及用的省略号

情　话

翻了你的牌
我就是你的皇上
我宠幸你
我躺在你两座高耸的山峰间
幸福地沉睡一万年

刀对磨石说
是你赋予我明星的光彩
令我光芒初露，刀锋逼人

时光给予我们欢乐满怀
同时，也塞给我们苍老
可我还是你的天空
只是我还像一张崭新的纸
可以供给你这一只春燕
一次又一次地洒脱地签名

假　如

假如你是花的蜜源
那么，我将是那一坪阳光
将温暖和灿烂打到你的脸上
让春日蜂蝶曼舞，为你
带来天空和闪电

闯入者：写给琼

你闯入我的领地——
雪野、荒原和沼泽地

矜持的栅栏斗不过粗鲁
你长驱直入

你横扫了房间所有物件
贴上掠掳者的标签

亲爱盗火者
那被你融化
可以叫火焰
可以叫寂寞
也可以叫冰雪

牛角梳

灯光下的牛角梳
轮廓像一弯新月

早上出门，你手执牛角梳
就像两枚月亮温柔地看着我

一枚月亮爬上头顶
一枚月亮嘟哝耳边

头顶上几络翘发乖乖听话
那暖却像猫爪一般的河流
在心里慢慢地爬
慢慢地挠
慢慢地抓

诗里花朵：致R

你这未开的花，沾上露水
奔走的风不会顾及你的芳华
唯有我以普照万物的阳光
给予你镀上灿烂的金黄
掌声是那数不清的飞眸

花开数朵
只表这一枝静好
你美丽的大眼睛
是春天的花朵
遇见了风，悄悄地开了
以害羞地闭上

祝　福

面对你羞红的脸庞
我是说：弯月爬上眉梢？
还是说阳光镀银撒金？

比肩，一模一样的笔画
站立，一半一半的相似

做伴的青春，郎才女貌
双喜字，明眸皓齿、吉庆有余

眼前，一缕阳光亮人眼眸
一只蜜蜂，飞向甜美的花蕊
一只鹂鸟，在五月的森林里
嘤嘤歌唱，声音像春风中的铃铛

一个双喜字向世人告白
今生今世：花像花那样好

月像月圆那样圆

云像云那样飘

爱像爱那样

放松又缭绕……

横断面

一幅良辰美景

回忆是一只青鸟

衔着哨音飞越天空

斯人已去。大地苍茫

岁月躲进树的身体

只有爱刻在心的深处

花　蕾

那些胆大妄为
是因了自家花园里的花蕾
为你的一次次春光含苞
挺立，然后等待怒放

亲，天空多么蓝啊
河流正在经过大地的怀抱
你是那一望无际的蓝
你是我还没有来得及用的省略号

法兰西：见证我们的爱情

爱情用金钱来衡量是奢侈的
爱情用江山来衡量是奢侈的
爱情用生命来衡量是奢侈的
爱情用冰化成水是奢侈的
爱情用燃烧证明是奢侈的

我们的爱情像简单的石头
有上亿年漂亮的皮质包浆
有磐石般百折不回的心智
我们的爱不会被俗世污染
还有升起升落的月光见证
还有照彻一切的阳光温暖

也许花前月下：
不足以见证我们爱的情节
还须添加法兰西巴黎铁塔上
我们欢愉的誓言

也许故园的啾啾鸟鸣
不足以表达我们爱的缠绵
请带上你小兽般的精灵
请带上我茁壮的体魄

漫天飞舞的雪花中
有一张我们遨游欧罗巴的船票
一缕缕清风里，其中一缕
是我们浪漫之旅的媒人

我们将相会这里——
法兰西有巴黎浪漫之都！

亚洲，是我们的爱巢
我们安身立命的根据地
欧洲，是我们爱情的版图
我们一直往西扩张的地方

爱情的新式武器是甜蜜的巧克力
爱情的壕堑是法兰西街头的下午茶
来来往往的游人
请见证我们一帧接着一帧
如影随形的爱情!

法兰西，请记录下吧:
我们燃情的分分秒秒

法兰西，我们来了!
此刻，在这里：中国的太阳和月亮
跨越千山万水

我们的天空属于南方
我们的爱是棉花一样的轻盈而温暖
是河流一样湿润而漫长

法兰西，我们来了

心跳是不需要翻译的

我们的天空

我们的甜蜜

我们的蓝

蝴蝶飞起的瞬间，

我是海面之上，你未曾见过的蓝

捉迷藏的江南

你大呼小叫我的乳名
那是从小一起捉迷藏
你制订谁也找不着的路径
朦胧就像诗一样的江南
码头，小桥，流水，船
谁也找不到你的港湾

分手经年你还在故乡
寄来的花蝴蝶真漂亮
端详临水而飞的样子
像极从我手中飞走的那只

透明美丽的那羽蝶衣
极像是我送你那首诗的翅膀
河中漾起那欸乃之声
也就是我心湖那一圈涟漪
和它发出的光

人在江湖

心病成疾在江南

莲花还在

小巷还在

我和你

像蝴蝶与月亮

我们和自己的影子

捉迷藏

你说你是懂我的女人

你说你是懂我的女人
还提给我发来那张相片
我左端详右端详发现我们很相像
就好像我们一起生活了很久

你说你是懂我的女人
一句话一个手语
相隔千里你看见我的喉结
我也好像听到你迷人的微笑

你说你是懂我的女人
我们相隔很远吗?
昨天你还一口一口地喂我河流
我饱的时候小船也停在岸边了

你说你是懂我的女人
开门关门是常有的事

心火太盛烧了自己也一样灼伤别人
你说起一个字的四种写法还纠正我的发音

我们已经很久没有见面
我知道我真的很荒谬
你说你是懂我的女人
可我粗心得竟不知道你的名字
哦，你是哪一条流水
你是哪一阵梦呓
你的名字
是一缕炊烟
在记忆深处，升起

自序书

从一个女人到另一个女人
从一座房子到另一座房子
从一尾有初始生命的鱼
到寻访快乐的鱼

一生。深入其境的人
有谁能真正体察一眼泉
和另一眼泉的滢清和甘甜

受难与诞生是一条河流
痛苦和快乐是河流的分支
分享一切，则是大海无休止的涛声

而我自认为是岁月汪洋里的一条鱼
从一开始到结束我始终在水的柔波里
顺流而下

从一条有生命和有个性的鱼
也许随波逐流，也许与逆流搏斗
鲜花在月光下唱歌
泪腺的咸度和海水一样

前面给我生命于无限爱的女人
早已客居他乡
现在与我生活的女子
幸福酣睡在我的梦中

生命航程。在某些人的眼里：
我是命中注定被她们虏获
总被女人们以幸福的名誉
煎来炒去的

我这一尾鱼在波峰浪谷的历练中
长大。无论在天堂或在俗世

爱你的人都会第一眼
看见，我是花开的时候
蝴蝴飞起的瞬间
我是海面之上，你未曾见过的蓝

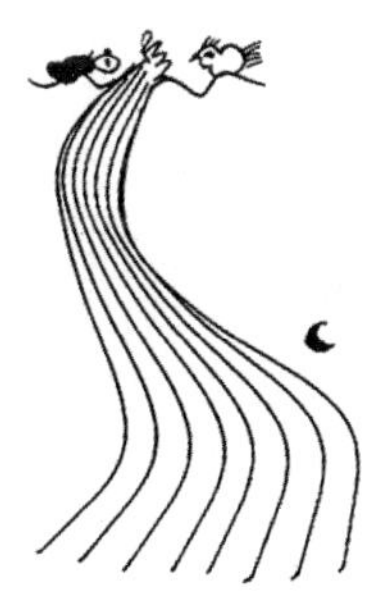

写给亲爱的雪花

那一年，我们从乡下来
同一个月，同一个日子
来到这个城市

同一秒钟，同一瞬间
在“嘀嗒”的一声中
决定我们一生一世
是漫长的一见钟情！

遇见你——雪花，美丽的
南方，再无雪花飞舞——

你这片轻盈的雪花
已躲进我青春的怀抱

你这片洁白的雪花
已被我火热的唇融化

你这片温柔的雪花
晶莹剔透的雨的女儿
在我的水域中，相携相伴
一生的河流，何其辽远！

我和你，一同融入南方
融进玫瑰色的土壤
……

路上，走过的结局

走过栅栏。域内风景是旁人的
双目未曾斜视。前面突然繁花似锦
蓦然回首，内心就像路上凉亭穹顶堆积的雪

我和你拉着手时，已像两只小鸟归林

哦，木木的我们
甜甜的我们
整个快乐
是我们的！

第三部　我想你

是你让我，像疯子一样爱你！

爱你：就是心可以醉

神可以迷——

想你：写给暖暖

那么近，又那么遥远
银色的清辉
让我婵娟千里

想你，却不能爱你
你心中只有嫦娥
连月光都是雌性的

如此的近，却如此的远
我们都活在梦里
——而梦，那么美
却没有刻上
你和我的名字

旧杂志

开始。爱你的分期
一次比一次兴奋
爱你崭新的完美时刻
你如同月光，我把你
轻轻噙在巨大的水流里

不久，就像旧杂志
爱。便被束之高阁
某一时刻想起，偶尔
翻翻，仅此而已

翻过旧时光。如同我们
步入十字路口的蝴蝶
“七年之痒”，我们已经没有多少热情
日子旧，就像一摞旧杂志
也只能在冷漠里与尘埃相伴了

我多么想：用最初的欢愉
回忆过去。于是，我把一本
旧杂志放到胸口，闭上眼睛
想着你，认真分享
杂志里的某一章或某一节
如同饮上一杯苦咖啡
—— 我们那些苦涩之后的
回甘，那一份思念
就像封面，浮现眼前

小　妖

小妖采用水蛭战术
像手机膜贴在手机上
那银铃般的话语
好似精制的千年银杏茶
热情、贴心、暖胃

小妖真是一个猴精
下雨，她是你手中的伞
小小的，也能给出一片晴天

暑天，她是一根冰棍
你感冒，她化成眼睛里
汪汪两摊清水
好像病的是她
小妖鬼马，似肚里蛔虫
她的心呀，是书家的字
密不透风，疏可跑马

话筒：写给W

我把你一直握在手中
心，却提到嗓子眼里了
不管卡拉或欧杰，我都不敢
唱出《忐忑》的颤音

这些年，你带发修行
瑜伽功练就你的沉静
仿佛乐谱，一个男人
把万千条火焰，化作柔情

我把你握在手中
颤抖是你的红唇
魔幻的是我的口琴
我们从世间经过
那深深的脚印
是圆润而又高亢的歌吟

我不敢再爱你

我不敢再爱你
因为你总在我的梦中走动
漆黑的夜里，你像溪水
走近危崖险道
我不得不爱你

我不敢再爱你
因为你总搂着我写的情诗睡觉
冰冷的夜晚，几页薄笺
怎能抵挡子夜的霜重清寒?
我不得不爱你

我不敢再爱你
在电影院，你总替戏文里的演员
担忧。谁将替代你的忧愁
拭去你腮边的泪痕?
我不得不爱你

我不敢再爱你
不因为你像那淘气的小孩
总把自己锁在门外
谁能赶来救你于水火？
我不得不爱你

我不敢再爱你
我一生缘的累赘
开心果，你我共剪西窗烛
月亮的小梳子
梳绿了流水
我不得不爱你

正午日记

所有的山峰坍塌
所有的湖泊陷落

一次次冲杀
一次次深入
一次次抵达
一次次大海的哭泣
一次次天空的抵达

剑的锋芒
是道路正在奔跑
正午的太阳
是蝴蝶在尖叫

而世界多么安静
音符一般的小鸟
静静地，静静地
蹲在树梢

一生的回忆只给初恋

一场风暴。骤然雷电交加
闪电就是那只小小的紫蝴蝶
她的翅膀上背负千钧雷霆

很多振翅掀起龙卷风的壮观
我只记得那只小小的紫蝴蝶
她又掀起我心底小小的涟漪

我想你

你让我像疯子一样爱你
你的身体，我的灵魂
像一团火的熊燃
一纸之隔，触手可及
你把头扭过来就能吻我
夜的本身就是一首爱情诗

如果清凉不是自心而生
我当奉诏祈雨
电闪雷鸣，雨洗尘埃
雨后的绿叶娇羞。楚楚
让人产生无穷的想象

你的矜持，仿佛雨水的前世
月亮就披衣悄悄隐下
太阳微红的脸却从

西坠的地方，再度升起
是你让我，像疯子一样爱你!
爱你：就是心可以醉
神可以迷……

梦里桃花

桃花被春风咯吱
桃花微醉春风里
灼灼映红小溪
漂亮的容貌，一而再
被诗人藏在诗集卷中
被画家锁进册页纸里

那一年
盛开的桃花被我迎娶
桃花就住进我的卧室
墙壁上的相框
从此站着人面桃花
你双颊桃红
始终住进我的梦中
再也不肯褪去

想你的苦丁

题记：一场突如其来的大雪把你我分开。

我想你。想你
就变成一根木棍
戳到心口，好痛！好痛！
那苦楚，就是冷不丁
把大白天变成黑夜
把你的脸孔
一遍遍地默诵
复习成天花板的样式

此时的思念
无声胜有声
是那五指山的姑娘
素手搓揉粉笔状的苦丁茶
我恨不得把这漆黑的夜
当成一块阔大的黑板
你叨念你的热情
是黄连也无法写尽的苦痛

等你的时刻

等你，路好长
我徘徊在卵石道上
每块卵石记录着
我等你的时间
只有光年才可以丈量

在我等你的时间里
树丫伸向天空
一个个举手投降

静安。我树下默默
千种猜想万般假设：
不是你不爱我
霾重、路堵、塞车、恐怖袭击
或许不是。星球上的不幸
乃是其他天体影响
一切皆有可能！

热锅上的蚂蚁，似我等你的心

围绕地球赤道跑步

一匝、两匝、数十匝？——

仿佛时光决堤

你是等不来的那种船

我在这里不安地走来走去

仿佛云彩的失眠

仿佛摇荡的港湾

白云边的雪

秦岭阻隔，无缘邂逅白云边的雪
总有一天，我脚踏秦岭
成了一朵悠悠白云，携手共你
让寓言老去，让光芒萎缩
将天上的门，一扇又一扇
拆去。拆去羞涩缠绕的阴霾
你还山水清明，春风荡漾
白云似雪，雪儿如云
我快活自在
白云边上，白雪身下

致初恋的玉米

题记：等你。永远地等你，等你的信件。我知道，再也收不到那手写的信了。

现在的人，生活在灰蒙蒙的天空下了
手，触及的，是冰冷的手机屏面
就像冰面上的爬犁，嘎嘎地走过……

昨天是那么冷。孤独的时候
总让我想起本真的你

偶尔看见你蹒跚的背影
但，笑脸是假的，像阴沉沉的天空
阴霾。没有比它更假的乌云了
这个时代，男人不再大山
女人不再大海

现实生活令我无语，总让我想起
初恋。在旁人跟前
你低着头，手捏衣角的样式

就像村头果园里羞红脸的柑橘

阳光充足，雨水充盈
无忧无虑。别无所求的少女之心
单纯有如地里的玉米齐刷刷地生长
扬花抽穗，头戴小红帽

秋天娶你，粉墨登场，牙齿光洁
你迷人的笑靥总是我梦中的金元宝

日出而作，日落而息
青靛染成的小褂颜色安稳
桥巩的小桥安稳
岁月安稳。你，在我的梦中安稳
像一条小溪
清亮又温顺

海边应答：致兰香

海风轻轻
抚弄你的秀发
阳光定格你的倩影

中午时分。谁在倾听？
大海诗人用哗啦啦的涛声
书写天地间宏大的诗篇

其实，他的内心
只有轻轻地爱着，才能聆听到
花开的声音

扶摇直上的海鸥言说的真理
无非是自我标榜，以闪电类比
浮泛的浅滩总是泡沫成堆

大海深处总是沉默如金
就像你此刻的内心
肆意着你一腔爱的汪洋

天涯海角。我们来自故乡
那留在沙滩上
我们的身影成双

你的馥香，令我心身荡漾
我有幸牵着你的手
有你在旁，浪花为我们鼓掌

我不迷恋玫瑰，不想其他花香
我有幸牵着你的手
朴素可亲，我可爱的兰香

闻你的发香，迷恋你的花黄

我有幸牵着你的手

一生一世将你拥入怀中

兰香，啊，兰香！

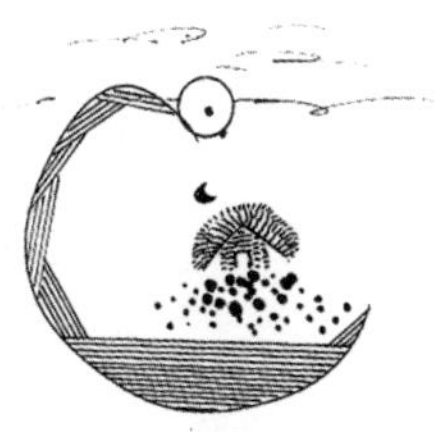

夕照街：致N

夕阳像归巢的鸟隐去
你窗户的灯还未亮起
但，你脸却像明灯
在我心中早已升起

晚风蹑手蹑脚
窗前的梧桐沙沙耳语
像说悄悄话的情侣
晚霞和霓虹
她们延长都市葱茏

那些冰冷的大街
玄的黯黑。夜的精灵来临
红月亮梳妆打扮，把自己
撂在山楂树的枝丫上

我在不远处看风景

你却也把我当一道风景

生活就是这样：诗里诗外

活他的色，也生着她的香

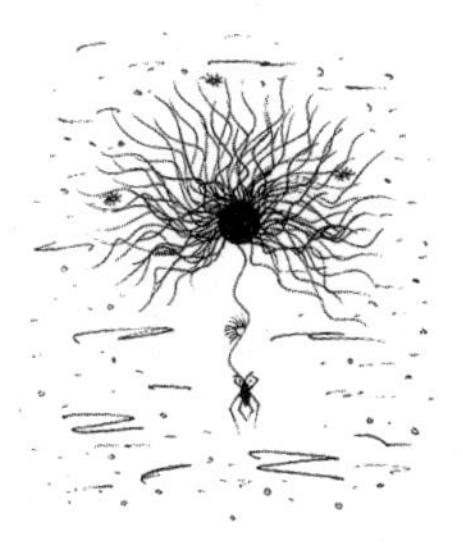

你开吧，开吧

你的影子

是花朵用它的香

把爱表达

是枝条对枝条的

报答，是爱上了

就放不下

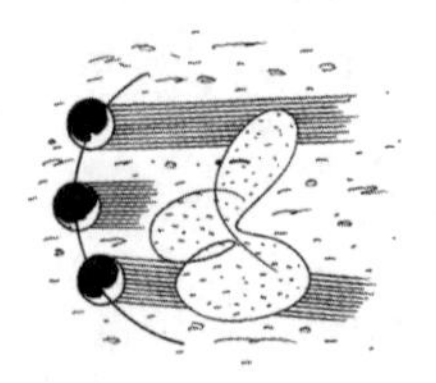

等待花开

我不愿绝唱千古
像唐婉和陆游
活在石头里，活在千载
白云空悠悠的诗意中
我只想春宵一刻。千金
知否？我只做你的皇上
你只能做我的皇后
潇潇春雨。等待花开

花山壁上，九马齐奔
那哒哒的马蹄声
溅起幽深水道的浪花
古铜色纤夫的肌肉发达
汗水浇灌的稔子花
满坡满岭红艳。养在深闺
养在深山，像故乡
你那羞涩的脸膛

那园中举着喇叭的花儿
漂亮。她们吹吹打打
是故乡娶亲的调儿
那满垌紫云英紧跟
热闹着满眼幸福的紫色
香炉生烟紫，满目看霞栖
月上柳梢头。我还在等
合欢并蒂花儿开

琥珀里的蜘蛛侠

为了一生一世
我求学，修炼
在松脂的眼泪里
打坐，滚翻
锻炼自己柔软的内心
学会十八般武艺，贷给
要保护的心上人

从今天起
我以蜘蛛侠的名誉
躲进琥珀做的房子里
让一根红线缘起
我将是你忠实的仆人
俯首帖耳——
谛听你所有诉求
以及你那热切的心跳

你是我的春天

我们隔着四季的河流
你说听见了我的声音
你说春天到来，会听到
春天花苞开放的声音

我们在各自地域的边界
你说听见我的声音
你是说在春天到来的时候
你听见蜜蜂寻到
花蕊之门的欢声笑语

在桃花片片落红中
在攒动波斯菊的花瓣里
在幼儿园孩子的豹纹裤腿上
在地铁上班族姑娘的发梢
我也听到春风吹拂的声音

我想象中美丽的春天
应该是一位漂亮的姑娘
她就是我熟悉的你
此刻，正躺在我怀抱中

永远的紫荆花

你一树一树地花开
又一地一地飘落
春水用热烈的冰冷，跌宕起伏
为你酝酿春天舞台盛大的花事

我是你的春风，吹奏唢呐
为你鞍前马后，奔跑
你从空中到地面
开了，谢了：怎样的一种
惊心动魄的爱恋?

没有丁香的愁怨，却爱着高贵
轰轰烈烈，在雷雨中绽放美丽
那故乡的紫荆花
生死，都是一场人间的热恋
你是我春天的爱情树
我永远心仪的美

我心中永远的
灿若云霞

我的女人花
你开吧，开吧
你的影子
是花朵用它的香
把爱表达
是枝条对枝条的
报答，是爱上了
就放不下

鸢尾花

地毯上的波斯王子已经远行
你泪眼婆娑。一些绿色的记忆
在梦中。亲切地忆起：
鸢尾花。啊！鸢尾花
五月的风盈盈走来
催开的紫。那高贵的鸢尾花
在凡·高的画布上灿然
根粗大，叶如刀
她的花儿带着露的清香

老旧的日子崩落一枚牙齿
那鸢尾花依旧紫着她衣裙的高贵
时间的枝条摊开双手
表示对此无可奈何
诗却像小鸟，快乐地飞来飞去
我知道捉走小鸟的人是你

此刻钟面的秒针嘀嗒

墙壁上画框里鸢尾花怒放

有阿拉伯神灯跳出的人形

他对她说：公主，我的主人！

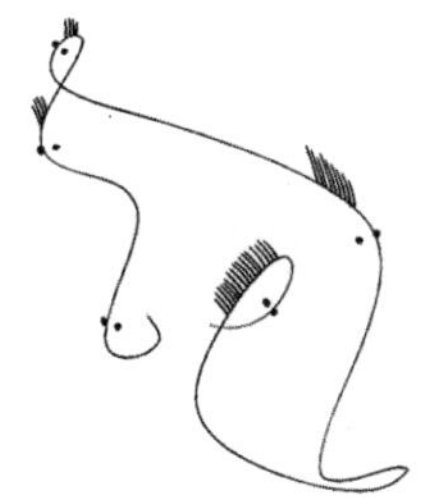

我以为不再想你

我以为不再想你
像一条河，流放千里
可大海涛声依旧
夜以继日诉说苦楚

我以为不再想你
寒纪冰川，融冰化雪
浇不灭我对你的思念

我以为不再想你
流星雨掠过夜空
孤寂的大地落满尘埃

我以为不再想你
遮天的雾霾，蔽日的黄沙
也不能移动我对你的痴心

当我以为不再想你的时候
故园里的芳草萋萋
天空中掠过一路雁阵
鸣叫着，从东……
往西

假如你爱我是真

假如你爱我是真
回应你海鸥鸣叫殷殷
大海涛声作证。携带闪电
是我迎候你隆重的仪式
从空中急速飞行

假如你爱我是真
请带上我喜欢的微笑
像阳光缠着我到处旅行
叩响世界上每一处旅馆
让大海进来，让波涛进来

假如你爱我是真
且用你五月雨丝的缠绵
轻轻浇透我全身
让我在爱意绵绵中沉醉
一生一世惬意于你的温柔

假如你爱我是真

我进你家算上门女婿

床单脏了一起洗

搓搓洗洗揉揉一起拧

我俩就像晒衣绳上两片布

湿湿润润干干，不离也不弃

云彩与云彩相遇

山醉倒在它的影子里

我用流水打开你

我用流水
打开你
也弹响锦瑟弦声

我的内心柔软
棉布一样
如你吟歌的轻柔

爱是幸福的终点
抵达的过程
将是一条河流
汇合另一条河流

逛夜店致女友信

你站在那里看月亮
可是月儿总是有恼人的角
她就那里好好的
我看见，你说你看不见

一些淘气从心而生
红月亮升起的时候
我悄悄离你远去
远处的蝉便停止了歌吟

耳鸣是岁月老了的专利
只有我痛苦地享用她了
而你，孤零零站在那里
站成了陶。而我却是看陶的人

假如生活是温过的酒

假如生活是温过的酒
第一杯给你，我的爱情
第二杯给你，我的亲人
还有一杯给你，我的朋友

假如有一天是世界末日
温酒器的酒已经干涸
我的魂魄将携来一片云彩
漂亮的外衣给你，爱情
真实的内心给你，亲人
而云彩的动感给你，朋友
别说我重色轻友，别怪我亲人
因为爱情和亲情
归根结底都是热情融化的黄金

凤凰台听箫

酒不醉人。一朵云却醉了
醉在你言词的怀抱里

一个红衣少女
衣袂飘飘
让那些山水躺进杂志
封面和内页温婉可人
就像风水宝地的烟霞山岚
掩叠不住地底玉矿的剔透玲珑
淡雅情怀赋，蹒跚待君识

你的箫声潺潺，疾速了
日子的流水
让我把七月过成八月
老去是逝去了的岁月
浅草丛中那只斑鸠
依旧自在啼唱，依旧旧曲……

只有我是你的晨曦

用满天星斗为你披衣

惊心的爱

拿去!
每次! 都给!
一朵漂亮的花儿!

每次!
都是玫瑰在!
春天的梦呓!

每个世纪
都是疯狂的雪
爱上了更疯狂的雨
音符线条上的爱

我们只说书法不谈爱情

宣纸三尺，白纸黑字
我说墨香你说情浓我说泰山
我们只说书法不涉及爱情

中国书法博大精深
我你都是将要下锅的粉丝
糊里糊涂没有领悟真谛

其实龙飞凤舞是不负责任的洒脱
章法和布局，什么都可以省略
唯独不能省略的是书家大印

朱砂一点是书家表示用了心血
我们不能妄谈一幅字的精气神
那是情人眼里出西施

三千里外的你我在今夜
不言平声仄声不说书家输赢
没有梧桐树哪来凤凰传奇

今夜，我们只说书法不谈爱情
你说累了，我也说困了
隔着三千里，我只想你

老了，我还想拥抱你

穿过梵音
穿过蝉声
穿过花花草草
穿过初夏阵雨

穿过秋日的旷渺
穿过雨雪的冷清
穿过簇新
穿过陈旧

穿过你明亮的瞳孔
穿过365夜的故事
穿过故事的开头和结尾
接着，我们已经老了

也许你还沉在蓝靛的记忆里
你睡着了，睡姿如此的美丽

为了找寻同一根白发
我们相挽相扶再拍婚纱照

穿过年轻的和年老的婚纱照片
你甜甜睡了，和年轻时的姿势一样
穿过你的梦境，甜美如斯
也许你还沉在孙女诘问里

小孙女在奶奶怀里睡着了
梦，在你那甜甜的歌声里
你睡了。我们已经老了
我仍想过来拥抱你，抱你……

你使小性子，挽救爱的河流

两江口交汇。爱情的河流
甜蜜。不分彼此
千言万语汇成汹涌
你用你的涓涓对付我的湍急

你使小性子
把这河流弄得
很弯，很弯
弯成九曲回肠

你使小性子
让河流有迂回和沟坎
于是，河面也就有了
一座座桥梁

你使小性子
让河流的白天和黑夜

潺响着音乐的大合唱

你使小性子
让河流成为风景，那湍急的瀑布
反思的湖泊，宁静致远

你使小性子
让河流充满生机勃勃
让河流有了
太阳、月亮、星辰

你使小性子，花样翻新
无穷无尽，即使婚姻的河流
汇入海洋。你的波，我的浪
依然不息地歌唱……

今天，就告诉你一些秘密吧！

题记：有一群人把时光踢成圆不溜秋的足球。而我想你，便轻轻吟诵诗的晚祷……

1

月亮露出羞涩的微笑
星星却夺走她的璀璨

2

鲜花、殿堂、婚纱……
世界就在我的指尖和嘴唇之间

3

日子是树的叶。在某些特定季节
葳蕤着她的墨绿，或飘荡在空中
或在信使风的邮包里……

4

每个人的内心都隐藏着一些秘密
直至终老，秘密被带入坟墓

5

小时候淘气和哥哥争要吃的
把抢不过的食品偷偷吐上口水……

6

童年好怕隔壁家大叔，每当相遇
他便佯装掏小刀要割我的小鸡鸡……

7

初中女同桌曾经是暗恋的对象
后来，她竟是你的死党和闺蜜……

8

有人说所谓男人遇上好女人的状况
我认为是我初遇你的芬芳一样……

9

我知道你被爱烧焦的时候
正是我勇猛攻占山头的时候

10

只有我是你的晨曦

用满天星斗为你披衣

11

你说要，我就把秘密写成书法

让它们在诗集里流溢墨香

12

那么，我俩生前不再隐藏秘密

关于爱：我向你道歉

前二十五年我郑重向你道歉
我的时间属于父母学校不能给你
后五十年我必须向你道歉
我的时间属于生理机能不能给你

中间二十五年
我认真向你道歉：
应该给你的却还给时间
我用振振有词向你道歉

应该给你却给了别人
我用不仁不义向你道歉
应该给你却给了情绪
我用对不起向你道歉

应该给你却给了环境
我用亲爱的词向你道歉

应该给你却给孩子或父辈
我用伦理纲常向你道歉

给你爱爱的时间少之又少
我为我的吝啬向你道歉
应该给你却给了谎言
我为我的羞愧向你道歉

站在地狱之门一切都晚了
我用后悔向你道歉
这辈子的债务下辈来偿还吧
我将连同道歉浪费的时间全都给你！

让时光这只兔子悠着点

以为竹马得儿多么悠远
以为青梅酸涩暗藏甜蜜
以为结婚日烙在心坎里，谁能偷去？
以为三万日多么漫长，谁将剪短？

白衣天使一次次床前叮嘱
零件磨损打磨抛光镀上金银
手术台前忐忐忑忑。且把——
　　从不离腕的手镯退下
　　从不离耳的耳环退下
　　从不离指的指环退下
但无需退下亲情和我们的海誓山盟

你进这间屋，我便一直守株待兔
让时光这这只兔子悠着点
因为我陪你时间太少

奔向你的河流

我欢快地跃出森林
从草原，从山涧，从远方
到接近你的大海边
进一步接近你甜蜜的喧哗

我不像北方河流书写冬天
停滞思维，身躯僵硬
不似北极寒域那样幽静
用冰，绞杀水的涌动

我只是学习大海
荡漾。无时无刻想你
唱着山歌奔向你
在山巅，我抓一把阳光
文身：波光粼粼
如蛟龙翻滚。潜行

一把打开秘境的钥匙

一

掀开你白色的睡袍
鸟巢、水立方和沙滩排球
在世界杯的美食坊里
一只白鸽，吃饱喝足
然后咕噜咕噜直飞蓝天

二

南方的小雨沾人，淅淅沥沥
梧桐叶宽大，密密匝匝，地面不湿
雨足够了，叶面流溪

我喜欢雨儿放胆，我将是聚雨的叶
巴掌大的地盘都是雨的水路

南方的雨缠人。我的发际
一串串星星点点，点亮暮色

当年，我认领一朵山花

山花长在溪边。路边野猴
一掌打歪了她天真无邪的脸
流经山花面前的溪水哽咽
唱着悲歌流向远方

十二岁。小山花背着姐妹花
却从学堂移植到生产队作坊
蚂蟥爬上山花的脚背
鸟儿在树荫里唱歌
山花却迎着毒日弓背朝天
世间苦况，山花默然承受

现在，天空已经空出来了
山花青春余韵流香
夏风从南边吹来
九霄云外，山花笑声清朗

风中的草梗跷起二郎腿
幸福的舞池不能没有花的影
蓝靛染的花土布的河流
唱着《夕阳红》的歌儿
说山花最美

信　物

相知孤本
比金贵，比山重
比旧新，比新鲜

潮汐涌动，太阳燃烧，月亮代表我的心
每一个字，都是我注视的眼，星星闪烁
爱的库房，情的栖所，一份特殊的保险单
用诗命名，而你是受益人。

有人收藏珠宝，有人收藏字画
这些价值不菲，可抵万贯家私
可我却珍藏像一片荷叶的信物
视如生命同等的珍贵

没有你的日子

我睡不安稳，只好

用一天等于二十年的速度

想你

你要我说出思念的词根

你要我说出思念的词根
我脱口而出毛毛虫
男人就是这么直接
即是我想你：
吊带裙的颜色
裙摆下的蕾丝

男人的山山水水
你又不是不知道
恨和爱，其实一样
你日思夜想往深去了
也只是一口井

陀　螺

广场上充满诱惑
抽陀螺的男人光着膀子
左一鞭，右一鞭
陀螺围绕轴心密密地转

我也被生活之鞭抽打
右一鞭，左一鞭
嘚瑟，抖动。而抽打我的
是你温柔的鞭子
兜兜转转，是陀螺式的快乐
令我想起丛林中唱歌的夜莺

没有比割韭菜更惬意的伟大事情

傍晚。一个慈目亮眼的老人
拄着村边龙眼树作拐杖
走向山的那一边。他一步
一回头，圆红的脸膛
笑眯眯看着你小溪边浣衣
看我园中拔草，淋菜。各得其所
菜园子一畦韭菜，割了一茬
又一茬，总是壮阳的青葱油绿

没有比割韭菜更惬意的伟大事情
就像我们劳作之后那一趟趟的爱情

想……

你说，你不要
不要钻石，不要金器银具
更不要什么表达心意的礼物
我要你平安归来
我只要你白日的气息
夜晚打呼噜的声音
没有你的日子
我睡不安稳，只好
用一天等于二十年的速度
想你

可爱的蓝裙子

你妩媚的笑是我百看不厌
新鲜是我脸上种的花草
风一吹，我便羞涩弯了弯腰

我眼里是一湖蓝蓝的水
你是这片水域快乐的全部
野鸭嘎嘎在芦苇中飞起

秋天的美，是我头上芦花似雪
淡雅地释放清凉。我什么也不说
我在看一部：《谁数得清恒河的沙》
你的笑，是我捕捉到那美的轻盈
你微醉脸上荡起的彤云一朵
蓝裙子把夏天关进笼子了……

蓝色妖姬

曾经有个爱我的女人
她已经将她的心给了我
我爱她胜过我的生命

她深知这爱无法圆满
她叫来妖孽一样的精灵：
头发蓝色，身体婀娜

精灵说，她就是我原先的爱人
如果还爱，就把爱
献给眼前替代她的精灵

我给她起一个名字：叫妖姬
妖姬的脸像玉一样的美丽
她的腰肢甜得像玫瑰酿的蜜

妖姬的眼睛，左顾右盼
莺歌燕语地说爱我，我不知道
她如何融化我的抗拒？

爱你，为什么不是你呀？
爱上你了，我蓝色的妖姬
原来你就是原先的你呀！

为了我，更大程度爱你
你为悦己者容，种下痛苦
也为我对过去种下无尽的依恋
你将你的爱轻易地托付

托付给这位女郎，这位似曾
相识、相知、相伴的女子
——我的妖姬
她的美，让颤抖的目光有枝可栖

我选择向爱投降

蝉叫出一伏天的热烈
夏天的蓝裙子被风掀开
瓦蓝晴空飘浮云朵心事坦荡
阴天总是天生的忧郁
我邂逅了钟情的那个女子
旧式的词语离开了我们

人们对水果总爱评头品足
龙眼有颗黑亮的大眼睛
就像男人倾心的初恋
荔枝肥美令人念念不忘
芒果泛青的色泽颜如玉呢
舌尖的闪电永远新鲜

悲欣交集的文字也许丰厚
蝴蝶与梁祝是诗意的栖居
当瓜果皮弃之一地时

蚂蚁国的子民获得一冬的粮食
抗议无效：说的比唱的好听
你默默地选择离开

蝴蝶美化梁祝的墓地
蜜蜂与花蕊亲密无间
我抚摸时间修长的影子
在三江口汇合的中途溜走
却在两江并流的地方
竖起一块唯美的方尖碑

正午时分

这时候的阳光生猛
天空蓝得可爱
这时候的狗假寐午安
日晷示意正午时光

每个地方都是风景
绿荫让舌尖迷路
导游却是你温柔的手指
你的声音迷人，像画眉的轻吟

久别重逢是这样，一眼泉
重叠一眼泉是多么清甜
我总是在你的眼眸里寻找
一只野鹿在你的眼睛里奔跑

你说，是不是又胖一点？
我说，正好。有爱的女子发胖

孤独的男人总喜欢把爱养大

为的是和相应的事物与时俱进

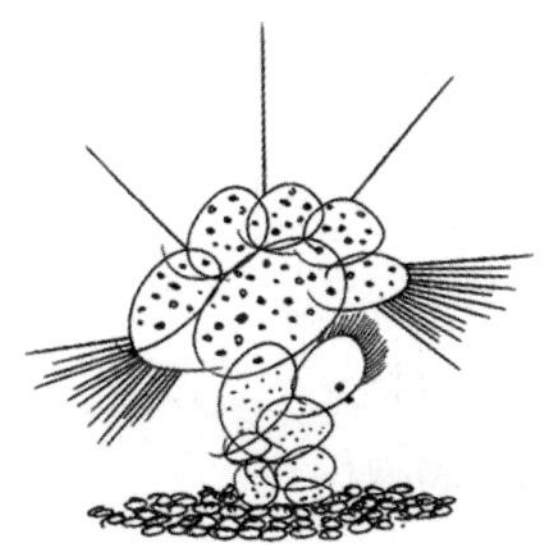

爱情的四季像一本书被风翻过

春草吐出喜滋滋的嫩芽
你说：啊，鹅黄，我喜欢……

夏天，可爱的小鸭浮绿水
你赞叹地说：漂亮的黄！

秋天的果实黄澄澄挂满枝头
你欢欣地说：多么结实的黄！

冬天的草低落呈现着枯萎
你关切地说：我的黄啊！

死亡时刻的回答

在权力与权力争斗中
我选择逃之夭夭的快感
在纪律与律己的选择中
我选择散漫出离的欢欣

在词的平仄或在你胸部的凹凸
我实践诗意长长短短的回眸

在婚姻与爱情，我倾向于后者
我醉心于情爱的战栗

你的诱惑使我从空虚到充实
每一分钟用六十八秒想你
还有八秒从一生的闰年中借贷
醉生梦死的爱情就让她生发

在核弹起爆的瞬间
在蘑菇云升腾的刹那

在你轻柔的抚摸中
就让我们的灵魂和肉体安息!

永远合二为一
在死寂的天地间得到永恒

七夕致爱人

爱心不能太大
一把伞下的天空

爱心不能太杂
晶莹。欢喜的泪

爱心不能太贵
有心。正如轻吻

爱心不能太虚
一个真心的拥抱

爱，还能怎样？
借一朵花儿的芬芳
捧一掬泉水的甘甜

心相印如你所愿

在这里，人工湖杨柳依依
两只天鹅在水面游弋嬉戏

在这里，美好刚刚开始
音乐前奏。有洞箫声声

在这里，原始森林的深处
白衣的少女挎篮捡拾蘑菇

在这里，跋山涉水的喘息
感人画面猎人追赶着兔子

在这里，刀光剑影的厮杀
转瞬间有和平鸽欢叫觅食

在这里，有人刚刚填完词曲
有人哼着调从门前轻轻走过

让月儿做我的爱人可好？

她在云间向我张望
半露出柔媚的脸儿

她调皮地伏在荷叶之上
一尖莲蓬吻住她的小脸

她站在挂满芒果的树上
青玉般的身体涂满金黄

真实思想遥不可及
婀娜身体伸手可触

诗一样的夜色是多么迷人
小河弯弯，似我拥抱了婵娟

致森林女神

一个偶然和N个必然。风
让天空飘来纷飞的叶子
你在森林中静静地坐着
在那里，为我祈祷
我想象的天空布满神奇
与你共度七月
一些树平凡地在我脑海里
抽枝，发出翡翠般的芽苞
姿势优美，完全
是神的意志和想象

天空飘落银线般的雨丝
一阵阵抽打我的灵魂
我说，我爱你
树屋的门像迎迓贵宾
说芝麻开门，门就吱呀地
朝我洞开

吊兰的叶迎风柔美
山水亲切
沙发的床硌我疼痛

森林女神和七仙女打闹游戏
只有我，一本正经
我将天花板划成一块块豆腐
就想象是你送我的甜点
可以用我的舌尖
一点点地爱你
七月过后就是八月
我将赴你的邀约……

致五十年后的你

题记：七夕情人节的诗，写给莺儿兼纪念麦琪。

我已经老态龙钟
喘着粗气爬上楼梯
耳朵是个摆设，眼睛混沌
潜藏着那首诗的朦胧

你的伊妹儿要发给谁?

也许在一蔸树下，我的
骨灰在小草身体里歌唱
我悄悄地走了
正如我悄悄地来

你的伊妹儿要发给谁?

安息吧！她的爱情死了
曾经的欢愉也悄悄地流逝

静静地。让灵魂升天，无须喧哗

肉身在与不在已经不重要

你的伊妹儿要发给谁呢？

爱情总是自私的

我要把你身上的春天与夏天
一一嚼碎
从雨水到雨水
再从脚跟到耳背

你不满意电闪雷鸣
来，整个大海走上天空
把你藏在我的山谷里
我们才有理由待在一起

八行：不要相信永远

不要相信永远
不要相信谎言

说永远其实不远
说谎言都是以真话改头换面

实话是镜子里的自己
永远是女人口水的清甜

她说恨你，也许还爱你
她说爱你，也许是个弥天的谎言

与年轻人一样幸福的日子

今夜，真心地想你
带着烈火，带着闪电
带着迅雷不及掩耳的雷霆
带着山顶洞人的粗犷与原始
带着来宾人3万年前的新石器
带着柳州都乐岩洞主的宠物
带着印第安部落的弓箭
丛林战。兔子和猎人

白云悠悠，一个闲字了得
映照的竹鹅溪
流水，绸缎般的柔软
鹅山在氤氲的空气中凫游
今夜，所有的星星明亮
牛郎织女踩着古风起舞
唐的古韵，我的新词铿锵玫瑰
与宋词宛然比肩

写给柳江兼致莺儿

一条河，曲曲折折
从云贵高原迤逦而来
在我的面前打声响指
向我问安，激起我感情的涟漪

柳江在这里转身离我东去，奔向大海
却留十多座桥的风光旖旎
桥下流水潺潺，逝者如斯

古人说的不是流水是光阴
我不能鹦鹉学舌
只能说河里的流水——

你在壶中，不在我的杯里！

你想我总是多一点

你想我
是我的巧舌如簧
我讲天地玄黄
黄色是多一点

你想我
是我的笔名
新颖而独具
牛黄加一点点

你想我
是我一点六九的身高
我想你精气神的短发
我的审美比你少一点

你想我

是你我所喜欢的那甜蜜的跛

和柏拉图式的开始

你总是想我多一点

那只蜜蜂，他的身子越过岁月

越过那片森林昆虫的喧嚣
慢慢地朝前飞去
他将邂逅他的邂逅
将中和花粉的甜言蜜语
于是，花蕊就有幸福的阳光
有了计量时光的日晷

那只蜜蜂，他的目光越过岁月
越过尘世的一切喧嚣
他慢慢地朝前走去
他将邂逅他的邂逅
那只蜜蜂成为尘世中的采花大盗
将花蕊的甜言蜜语还给果实
伊甸园有了情的丰硕和爱的喜悦

日安，爱情美好的事物

我从你的眼眸中读懂幸福
我从你的幸福中读出夸张
我从你的夸张中读懂激动
我从你激动中了解到陶醉
我从你的陶醉中读懂兴奋
我从你的兴奋中知道满足！

日安吧！我听到了
幸福神和幸运神的祝福！
这天午后，她们降临人世间
对于我和你，我们俩最为
紧要的两个字：日安！
啊，日安！今日的午后

初恋：我远远望着她

过半个月就到十五了
从圩日买回的月饼悬在吊篮里
我知道月饼就是天上的月亮
圆着她的圆，也香着她的香
闻那无法品尝的饼儿
喉结突出它的夸张

我远远望着她

月亮就一个，月饼就两个
珍稀就像邻家妹子小月
她比月亮里的嫦娥美
她比五仁叉烧月饼香
许多男人望她吞口水

我远远看着她

她大我两天，她妈没奶
嗷嗷待哺的黄毛姐儿
和我共妈争吮过奶水
小时候的冤家聚了头
一见面我就推走她
现在她光鲜有如十五月

我远远看着她

我知道小月就是天上的月亮
她的胸前藏匿着两个月饼
圆着她的圆，也香着她的香
望着无法摘下的月儿
闻那无法品尝的新鲜
我的喉结突出夸张

我远远望着她

荷塘月色：写给莺儿

傍晚，我牵你的手
绕着荷塘徜徉月色
小桥流水走，小桥幽径长
氤氲的荷香与月光

夏蝉躲进夜色
蝶儿藏起斑斓
青蛙王子悄悄睡下
偶尔将梦的呵欠泼洒

向晚的风轻轻地吹拂
她调皮撩开你的裙摆
你我沉默如金，月光如水
我的诗意被身旁的丫头夺走

我的一声坏笑打破宁静
追逐。喘息……

幸福的感觉，它与宁静
分享金子银子一样的月光

我们相挽
走进荷塘的月色
迷离的月光，用荷叶修筑
爱情的城堡幻影婆娑

草丛里那一只熟悉的斑鸠

题记：在鸟类中，最忠于爱情是斑鸠。对于异性的求偶，它的声音最动听。

在那一个美丽的早晨
晨风轻轻扯着你的衣袖
露水打湿你的光脚
那一只斑鸠站在树杈上
在初升的太阳里，一声声
叫唤你的名字

那一声声婉转的清脆
全跌落在田间的水井里
你用两只空桶一趟趟打捞
桶里的涟漪站满斑鸠的歌声

多少年后，在山坡的草丛里
我又听到那十分熟悉的鸟声
想起你晃悠悠的水桶里
圈圈涟漪游着那一只斑鸠

如今，在你红裙子的服饰里
声声吟唱还是那一只斑鸠的图案
情有独钟，还是草丛斑鸠的叫声
把乡村的瓦蓝变得空灵而纯粹

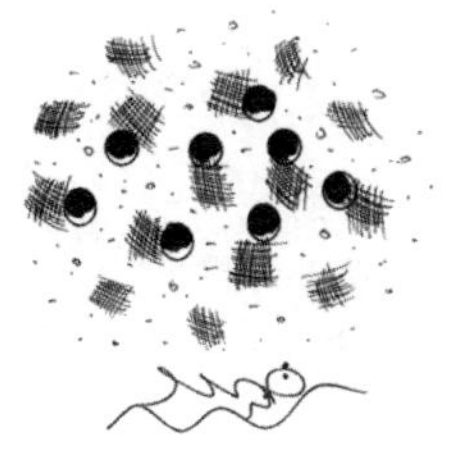

思你念你是雨的行踪

飞鸟是天空美丽的作品
她是你我飞行的欲望

那只飞翔的鸟像石头
不飞时是那么安静

躺在地上遥望星空
瞅那流星是否提着灯笼在走？

池塘无论混沌清浅
容下云雨步履匆匆

涟漪，圆走一汪心事
影子，抄袭一帧梦想

丽江的艳遇不在画里
江南的箫声不在园林

夜半孤灯辉冷莹莹
读雨残更轻慢声声

想你泪雨成串飘零
念你囧途如海汪洋

虽然，我不爱你已经很久了

你站江边
这个夏日高热渐退
蝉鸣。多么像往日你的嘟哝
潮水般的从脚趾缝中慢慢消退
我不爱你已经很久

岁月破碎。一张张纸片
童年两小无猜，纸飞机
万年历。如风的日子
像列车窗外的树纷纷溜走
我不爱你已经很久

也许机缘巧合，一场雨和一场雪
土地松软。一粒带壳的坚果
被潮湿浸淫，摊开一双小手
虽然我不爱你已经很久

绿色的箭矢射向春天的靶心

向爱的胚芽投诚，唯有爱的种子

虽然，我不爱你已经很久很久了

俱往矣，我爱抽刀断水的样子

爱你脚下的江水

莲：今晚我用废话爱你

秋夏，是你穿红裙的季节
粉红的花蕊盛满心事
没有人能读懂夏末秋初
换季书籍重新制版的封面

我们可以想象，爱一个人
是多么不容易，就像要
白云爱上飞鸟一样
毫不相干

缘起缘落，缘深缘浅
爱，要酝酿五百年
才可能有一只青鸟
飞临到你的窗前

我看见有一只蜻蜓
且歌且舞

伫立在你的花苞顶尖
天空是金属红的暖色

蜻蜓的红与花瓣的粉色
在霞光的寂静中低语
有谁能读懂：
她们用唇语交谈？

其实，相爱的两个人，一个眼神
一个手语，或是一个吻
就装下了今晚我们的全部内容
池塘的微风摇曳着莲的心事

五月的雨，淅淅沥沥

——写给娇娇的第一封信

不用闪电和雷声
五月的雨，不请自来
不约同往，异口同声
一堆形容词，聚集在檐下
是那欢快的雨声
滴滴答答的缠绵

藕节一样的胳膊
月亮一样的脸膛
弯弯睫毛像两只小船
双眸匿藏的娇嗔顾盼
风姿尤显绰约，彩虹凌空清影
是你和五月的雨邂逅的翩跹

潮湿。竟是一种美好的心境
就像雨点溅落。细细
曲曲。溪的水流

宛若归拢额头的刘海
你是那一块心气平和的低地
容下我的轻、重、缓、急
我知道五月的雨那甜甜的
秘密：东边日出西边雨啊！

赠你一顶花的伞

——写给娇娇的第二封信

我想你
波光裸露着
你从东方升起
希望，是橙红色的梦

昨日的梦境
温婉如婴儿的甜笑
就像大海拥吻
太阳的初升

你的笑靥迷人
莺声燕韵鸣啭
水湄处
山的镜像滴翠

伞，是雨季的庇护所
心与心最靠近的地方

谁是谁的彼岸？

山的倒影没入水中

荷，立在水的中央

夜色的包容比真人美丽

——写给娇娇的第三封信

雨点轻叩窗棂，半宿无眠
一串红辣椒像灯笼高高挂起
你用微音碰痛我的胸口
雾气和潮湿也是温暖的

我朝清晨的雾霭中走去
从牙膏管内挤出
你通体蜷曲的洁白
爱的话题，吻起彻夜馨香

我知道晨起愉悦的清爽
牙膏、牙刷和牙齿亲密接触
你和我，以牙齿对着牙齿
以唾沫对着唾沫。暗夜
四目相视是多么清澈

你是雨，我是风

——写给娇娇的第四封信

题记：你微启朱唇，微弓玉腰，向我道着万安……

好想做你的皇上
看时光弹的棉花飞天
成了天上的朵朵云彩
落下，变成那河滩上的石头
捡一枚吧，刻上我俩的名字
再刻上汉诗的地久天长

好想做你的皇上
给你一缕山风，让你飞扬
给你一坪阳光，让你灿烂
再赐你一朵云锦吧！
披在你的身上
我俩伫立在岁月的旷野里
四目相切，深情相望

我好想，好想好想做你的皇

你是我的雨，我是你的风

风雨同舟，在南方

在奇山秀水间

我是你至高无上的皇

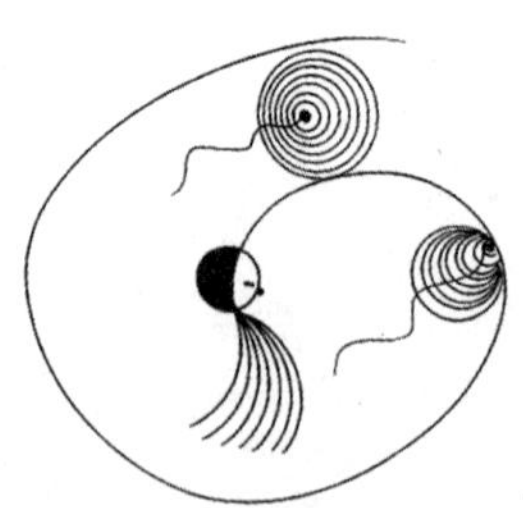

我是你的红盖头

——写给娇娇的第五封信

我把舌织成一方红布
吻你的长发，你的眼眉
翕动的鼻梁，左耳、右耳
上唇和下唇，还有雪白的颈窝

我吻你不停的时候
别不高兴那时光的停滞
我让你感受：爱是多么轻柔
像红盖头。低低地呼唤你
屏声静气，为我婷婷

空中的烟圈随风渺了

我和你组成的圆惊呆了谁?

夕阳，在山巅多坐了一会儿

我爱上你这朵俊俏的花朵

——写给娇娇的第六封信

男人们像树干恭敬肃立
我的眼眸对决你的眼眸
我输得很惨：丧魂落魄
我始终拔不出你眼中的钉子

一些意念是花蝴蝶
栖息在你的发际
我落荒逃了，打马跑过江南
夜莺的歌声里有你的笑
浅浅。在数字MP5唱碟里

你盯上我正人君子的羞涩
今夜，我却狡猾计划吃掉你
从你眼眸的允许开始
到你胸口那些高耸的阳光
从你的温柔到矜持的笑声
到你月光照耀圣洁的脸

从肌肉到肌肉，从骨头到骨头

我要用心，把你一一嚼碎

要你活得比哪一朵花都好看

——写给娇娇的第七封信

风雨送你入怀
是冰凝的珠玉是花开的蜜

春来，你就一瓣一瓣绽开
秋至，你就一子一子浓艳

嫣红姹紫或素面朝天
各时有确实的风采

你朝春风神秘一笑
香妃的称号坐实
你随夏风起伏
胸中垒起云朵

爱吧，我的女人
那一头的温柔
我设计千种万种画面

唯有大海边沙滩上
你牵着一只小狗

海鸥鸣叫声声，盘旋
散步，海风吹拂你的秀发
飘逸的幸福，小狗是我
狂欢汪汪

你是我最后的祖国

——写给娇娇的第八封信

你从甲板向我走来
鲜嫩有如邻家菜园里的青葱
我在南方山楂林里张望
你收存海洋一个水手的记忆
用诗句润泽心田，趵突泉
清流有如银屏
映照你的俊俏
初夏如梅花鹿的斑斓
星星点点。蓝天白云
海与浪花，飞鸟片羽
谁是谁的肋骨？
爱的神话就是昨天的梦
你梦中有我，我梦中有你
飘零，是无所依的浮萍
三月，稻田的锦鲤沉寂
唯有词与诗的联姻跃上龙门
一匹花布穿过草地的花草

又从初夏的阵雨中穿过

诗人老巢说：爱没有谐音

如果伊甸园是世界的

我说，唐山是我的故园

我将叶落归根

我把你拴在胸口

——写给娇娇的第九封信

花开堪折直须折
我把你拴在胸口，心对心的地方
你瓷一样的花瓣透出玉的光芒
渗人的花香，心音的忐忑
叩响乐章的交响

推开栅栏的门旋动锁孔
锁心愉快地应答一声
令我快乐地深入是你的快乐
爱是眼睛擦出的火花明亮
黑夜有如白昼

我们在暮色中画圆

——写给娇娇的第十封信

火车咣当咣当开过来
你就坐在路轨旁无聊抛石子
而我站在一旁抽烟看着晚霞
远处，郊区农舍炊烟袅娜

我也吐一个个圈画圆
第一个圈笨拙不像圆
倒像老长不大
却一直想长大的少年

第二个圈里满是烟
倒像左冲右突，陷进
包围圈内的中年

第三个圈烟雾淡了一些
就恰恰像云中那一轮夕阳
和眼下的心境有点相像

火车长鸣，在叫的那一声里
把你吓进我怀里了
我手里烟蒂霎时掉了

空中的烟圈随风渺了
我和你组成的圆惊呆了谁?
夕阳，在山巅多坐了一会儿

雪地里那只企鹅

——写给娇娇的第十一封信

你说，真好玩!
我知道你喜欢企鹅
笨拙地在雪地里站着

我搜罗旧时光里的羞涩
一一呈现。暴露
光天化日之下

你说，真可爱!
你喜欢“笨笨”这乳名
我知道你喜欢我像那只企鹅
笨拙地在雪地里站着的样子
在四方街，在象鼻山，在草原
我每到一地，以草为环
你喜欢我傻傻单膝跪地的样子

你说，拉钩算数。我伸出右手
你拨开我的右手，说：笨！
我再伸出左手小指：拉钩上吊
你说：喜欢你像那只企鹅……

小白兔在胸间奔跑

——写给娇娇的第十二封信

一匹夏天，披着蓑衣出场
一匹云雨哗啦地闯入夏天的剧院
一匹兔子，窜过草丛登场
一匹夕阳，从山下滚到山顶

像兔子的红眼睛
一匹匹夏天的事物
都在寻找下山的路径

哦，夏天的动静
真是讲述童话的高手
让人神往：一匹、两匹小白兔
在你我胸间跑来跑去
渲染我俩的心旌荡漾

可怜的和热烈的夏天
还有可爱至极的夏天

性急了的、迫不及待的夏天

我们多么爱的伟大季节

……

安魂曲，我的遗言

——写给娇娇的第十三封信

在低缓的哀乐声中，我向我自己道别
向时间道别时，我向阳间的所有道别
道别时，我发现你满脸布满忧伤
我看见你双手下垂，两手空空

恋人啊，即使爱你的人奉诏上帝
你为什么把快乐藏在时光的皱纹里
而把忧伤交付到无辜的脸上？

恋人啊，即使爱你的人离你远行
你为什么把喝咖啡的时光给了匆匆
不把慢生活留给空空的双手？
心伤。是此岸与彼岸的视窗
绕不开的一生。江河总是有急流险滩
平淡的生活，也有惊涛骇浪

请你看那个爱你的人
尽管肉身进了天堂，他的灵魂还在：
他的安魂曲，他的遗言有如夜莺
慢吞吞地，晃荡在诗的林间

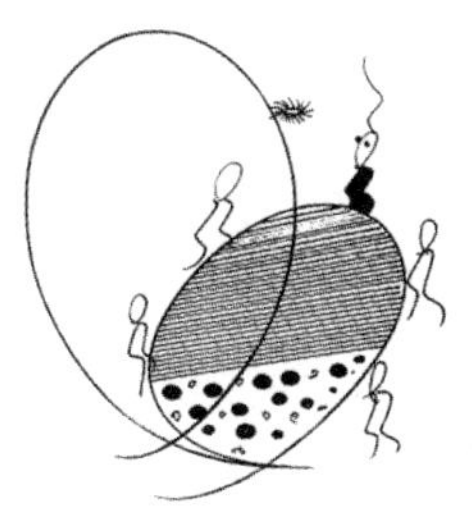

我吻了湿漉漉的你

——写给娇娇的第十四封信

我用诗句吻你湿漉漉的山峰
你给我满脸生辉的阳光
我的词典温暖
再找不到寒冷

我用快感吻你湿漉漉的花园
幸福的电流造访我经络的江河
我心脏的鼓点
密集敲打春天

我用男人的方式
吻你湿漉漉的思念
你羞答答打开天鹅的翅膀
我们在时间里相拥而眠

我吻你湿漉漉的双眸
天下的快乐全聚集你的眼中
你用湿漉漉的雨点回吻了我!

我在一封信里爱你

——写给娇娇的第十五封信

在信里写爱你
从头爱起
不写抬头
不具落款

用一杆笔
爱上一张白纸
从前面爱几遍
再从后面爱几遍
不着时间起止

在华尔兹音乐中
我一遍遍说：永爱
爱到你我遍体鳞伤

爱你一张薄纸的距离
不分彼此，不再分离
在时间的华尔兹里

我婉约像那只蝉

——写给娇娇的第十六封信

我胸中早就埋藏一只蝉
在夏天的树上不停歌吟
忍不住，拨通你的电话
你的声音像极那只夏蝉

我知道旷日持久的鸣蝉
她用声音礼赞夏的热烈
你的声音与蝉如此相像
因为约定，我不提夏日

一些夏天的事物
从清晰变为模糊
就像夏天长出那么多树叶
就像月亮有那么多的夜晚

我只认定你要的婉约
是女人的羞涩。树杈——

我窥觅：夏日疯长的荫凉
是那只蝉日夜歌唱的地方

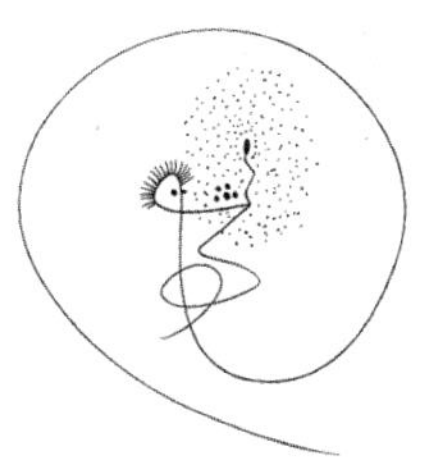

吃你亲手包的粽子

——写给娇娇的第十七封信

今天端午，不想别的
只想吃你亲手包的三角粽
你说太忙，小小的奢望
竟然是一场泡影

粽子叶，我洗过三遍
红枣我也选过，粒粒饱满
我们都是花盆里的蜗牛
被生活的负重压得抬不起头

思念是你往年包的粽子
红枣包在粽子里很甜
河滩上的龙舟整装待发
生活的竞技，古诗和新诗
都是光芒在纸上长出的翅膀

一场雨和一场雪
一场雪和一场雨
南方和北方，雨夹着雪
雨儿总是钟情南方的太阳雨
喜欢明媚灿烂的阳光
喜欢南方五月的阳光
请你抓一把那玉一样的阳光
包在你亲手做的粽子里

我抻长脖子，喉结颤抖
在等待端午节的到来
在等待端午节你包的粽子
我将变成一尾鱼
一尾屈子变成的鱼
在思念的江河
急速游向你！

文字是最好的媒人

她带走黉夜的心声

波涛汹涌，巨浪排空

你知道我爱你

是浪花离开河流时的那种痛

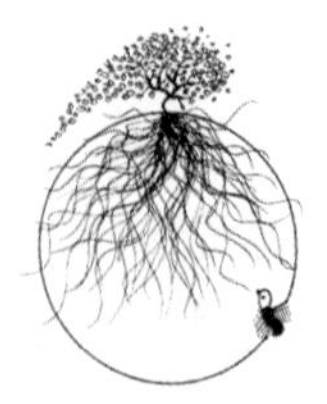

请给我，你的右手

——写给娇娇的第十八封信

阡陌。街巷纵横
大地。田林交错
一些星星点点的玄机禅意
一些八字运程的信口开河

请你给我：你右手的温柔
当春天遇见春天
所有桃花都恰到好处

用手指奢侈地爱你

——写给娇娇的第十九封信

我的手指在屏上划动
就像燕子划过你的肌肤

随着手指飞快地跳跃
快感的诗句灵动
如飞溅的浪花

让我的手指奢侈地爱你
就像平时一样爱你

今夜，你在远方
思念如浪拍岸
手指在屏上不断摩挲
感受你路途车舟劳顿苦辛
手指的拂尘掸掉你身上尘埃

让我的手指奢侈地爱你
就像平时一样爱你

先揪揪你黑亮的长发
摘下遮挡半边脸的墨镜
正一正你身上斜挂的背带
抚摸玉石般的脸蛋
轻叩你的额、鼻尖和双颊
用指尖代替我的唇一次次吻你

让我的手指奢侈地爱你
就像平时一样爱你

用一种植物替代我爱你

——写给娇娇的第二十封信

五月的天空草场辽阔无边
我放牧的羊白云野鹤般的闲散
从第一到第十九，只只膘肥体壮

大地吉祥，风吹草低
我觅食的羊从河谷啃到半山
在一处叫鹿回头的地方咩咩叫唤

小溪旁的野坡艾草鲜嫩
一股清幽幽的艾香沁人心脾
苦艾呀苦艾，一棵棵墨绿清秀

苦艾草苦中有涩也有甜
苦艾粑粑嚼在嘴里心涩如麻
我肚子里的蛔虫懂得你懂得的

世上那么多，只有一种植物

可以替代我爱你

可以叫我想你

用风，用雨，用时间这把梳子

相约张家界

——写给娇娇的第二十一封信

你来与不来
我来了！
你在与不在
我在了！

邀你看青山笼烟胜景
看汉诗山高谁人为峰

湘西青山依旧在
我把云缠在腰带上
也把一树树拥入怀
张家界绿叶青葱
哪一叶是你？

我把你当作狐仙
武陵源山中有人家

相敬如宾，生一堆孩儿

不去理会天下纷争

安静如斯：我和你

红纱巾，黄纱巾

——写给娇娇的第二十二封信

血是红的，心是红的，伤口亦是红的
记忆是红的，失落的红纱巾也是红的

为什么你总不能从伤痛里走出？
因为你伤口汩汩流淌的是血
你走不出情伤的怪圈
源于你爱得太深

今天我走进你记忆的房间
我要扫除尘埃，重新布置
我要你闭上眼睛
将周围的白墙刷成黄色
吊灯泻下柔美的黄光
一条黄色的纱巾围住你的肩
你睁开眼。镜子里是
一个不同过去的你
你雀跃扑进我的怀里……

血红，心亦是。好的伤口肤色如旧
时间能忘掉一切。我给你
是记忆犹新的黄纱巾

短章：致娇娇

——写给娇娇的第二十三封信

1

上帝假造物主之手
使矿体在地壳运动中
演变为美丽的晶体
你纯洁的心有如水晶

2

高铁北上，我已经南下
电流流动在你我之间
我手写我心的时刻
电热壶里的水滋滋作响

3

天梯表达爱情已经不太新鲜

八千多级台阶，我每走一步
都在念叨你的名字
怕你不信，在山脚的湿滑处
用月亮戳了个印章

4

白字黑字不一定都是谎言
时间消磨，黑色的字迹都会褪尽
唯我在抄本上烙下的心形
会永远镌刻在你的心底

5

我长久对视你晶亮的眼睛
我看见我在你眸子里走动

你偷偷雪藏我在你的内心
爽快有如炎夏冰淇淋在手

6

文字是最好的媒人
她带走夤夜的心声
波涛汹涌，巨浪排空
你知道我爱你
是浪花离开河流时的那种痛

想　你

——写给娇娇的第二十四封信

岳麓书院。我携美人到这寻颜如玉
枉费心机，只觅得古籍数卷
朱熹的儒与色全在诗碑里
邓石如惟妙惟肖沿袭白居易而居大不易
董其昌墨汁渲染范仲淹之浩浩汤汤
晋王羲之邀唐朝褚遂良、虞世南游兰亭时
马王堆修葺。我谒见不到古代王妃
我举一把伞，任淅沥雨声敲打
将自己与夏日雷声细细抻薄
把书院内苦楝树上一只蝉的鸣唱
左折右叠，做成仿古折子书寄你
昨日的寂静，我心忐忑
想你，不能吟诗，夜不能寐
我啖岭南荔枝数枚度过夏夜

给你那忧伤的梦

——写给娇娇的第二十五封信

鸟声。摇落晨星
梦，被一支笔斟破
那画签，我情感的印痕
似风铃的声音，若有若无
在风雨中飘浮
谁在呢喃，轻轻转动
经轮？

昨夜的冷雨
不紧不慢，打着芭蕉
滴滴答答
像你我熟知的歌儿
流淌的空谷传音
我的自卑
潜入岁月海洋的深处
谁，又将它捞起？

大地为秋天乞讨
雨水为丰收准备
无花果，无声无息地生长
跌宕起伏的情节
或是甜蜜，或是苦涩
谁在书写，抑或
予以评说?

我从没有离开过你

——写给娇娇的第二十六封信

飞鸟翱翔蓝天
她飞翔的身影投射大地

悠悠白云闲走天空
她的影子簇拥大地绿枝

急雨喧哗，赶集去的时候
将她们的踪迹汇报江河湖泊

世界万物没有离开大地
我从来也没有离开过你

就像空气环绕在你的身旁
我从来就没有离开过你的呼吸

原来爱情诗也可以这样写

——牛黄爱情诗赏析

跋

冰雪芹

爱情二字，多么令人神往和陶醉。爱情上自帝王，下至平民百姓，从古至今，天上人间无不演绎着爱情的悲欢离合。白居易的《长恨歌》是唐代凄美迷离的皇家爱情悲剧，同时也充满了浓郁的浪漫主义色彩；李商隐的《无题》、陆游的《钗头凤》无不缠绵悱恻；元稹的《离思》描绘楚王与巫山神女朝云暮雨的故事；秦观《鹊桥仙》描述了牛郎织女每年相会的神话传说来歌颂坚贞不移的爱情；古代第一才女李清照《一剪梅》情思浓浓，凄婉感人；还有苏轼的《江城子》那种对亡妻的深情缅怀以及对爱情的执著与眷念，还有排列诗经之首的关关雎鸠，深动地描述了对爱情的美好追求。有些人，当一提笔情爱二字，便为之色变，害怕他人会认为是离经叛道，风花雪月之事，试想世间，若没有风，没有花，没有雪，没有月，那还叫世间吗？也正如白居易所说："感人心者，莫先乎情"无论是亲情、友情、爱情、家国之情、人若离开了一情字，人生便是苍白的，世间便是僵硬的。文学更是如此，诗歌源于生活，却高于生活，她是从生活中提炼出来的精华，诗人好的作品都是在热情、激情、悲情燃烧下而诞生的，诗人是燃烧了自己照亮了他人。

古人写爱情诗较为含蓄婉转，而牛黄先生的爱情诗则是开放、大胆、泼辣的、粗犷与豪放、并且是明目张胆的。从他一些文字中可以看出他汲取了一些西方文学的表现手法，中西兼融。他的诗作画面感极强，有清新淡雅的笔墨，但多数则是激情热烈的，直接冲撞人的视觉或是触动人的脉膊。在我脑海中爱情应是犹抱琵琶半遮面，如同云烟中披纱的少女，羞涩且含蓄。真没想到爱情诗原来也可以这样写！他打破了我心中以往的感观棱角，给人一种新鲜奇特之感。牛黄先生称得上是写爱情诗之高手，共创作了作品千余首，先后出版了一系列爱情诗集，如《我爱你》《我和你》《我想你》还有一些散文爱情诗等十多本著作。

《正午日记》是从牛黄爱情诗中《我爱你——牛黄爱情诗选集》《牛黄新爱情诗：我和你》《牛黄爱情诗一百首：我想你》的单行本精选而成。他从不同的角度，多元化，五彩纷呈尽情地描述爱情。对于我这个长年多数写古典诗词的人来说，真是叹莫能及。时过境迁，文学也是一代造就了一代，从古汉语到如今的新诗都是历史的演变过程。牛黄先生的爱情诗，我想很多读者都会喜欢的。就正如清晨的一杯浓茶，午后的甜点，夜晚的食粮。静静地阅读，每一首诗或许都有他自身的故事。故事有现实的罗曼蒂克，或是乌托邦式的，亦或柏拉图式的爱情。世界汉诗协会会长周拥军先生曾也这样评论过，将牛黄花先生的爱情诗分成了以上如此三类，我也深有同感。无论什么样的形式表达，只要能给人一种精神上的愉悦，能给人启迪，净化人的心灵，都无愧于好文学，包括那些凄美、哀怨、婉约、壮观的。

从牛黄的爱情诗，可以看出他也深受传统文化的熏陶，有些诗写来古韵悠悠，当然多数则是激烈昂扬的，直冲撞读者心窝，下面来欣赏他的部分作品片段吧。

《你是我的伊丽莎白》

——第六封：欧洲行情书

古堡里弥漫的气息
编就这缠绕鲜花的流苏
你是我的新娘和王后
今夜，由爱神引路
我是你燃烧情欲的太阳
你是我希望攻陷的城堡
我将用红唇作为陷阱
我命令你：给我这爱情之吻！

……

来吧！我美丽的新娘
冰酒甜腻着你的发香
唯有死亡才能令我们分开！
让我们高举生活之杯

饮尽这杯中幸福的醇酒
唯有爱和亲情
如日月似的绵长

此首诗是对生命对爱情对生活对亲情的讴歌，是那样粗犷与豪放。

《凤凰台听箫》

酒不醉人。一朵云却醉了
醉在你言词的怀抱里

一个红衣少女
衣袂飘飘
让那些山水躺进杂志
封面和内页温婉可人
就像风水宝地的烟霞山岚
掩叠不住地底玉矿的剔透玲珑
淡雅情怀赋，蹒跚待君识

你的箫声潺潺，疾速了
日子的流水
让我把七月过成八月
老去是逝去了的岁月

浅草丛中那只斑鸠
依旧自在啼唱，依旧旧曲……

此诗描绘了主人公对爱情的热烈追求与渴望。

《我爱你》

我用我的眼睛换成你的眼睛
我用我的灵魂换成你的思考
我的血脉与你的血脉相通
我爱你胜过我爱我自己
你的幸福是我内心的欣慰
你安详于我创造的氛围
一个人爱了
就是奉献他的心智和灵魂

此诗只有短短几行，若不是情深至极之人，没有一颗清澈透明之心是不会写出如此诗句的，那是一种对自己的所爱，无私地付出和无怨无悔的奉献。

《我吻了湿漉漉的你》

——写给娇娇情书第十四封

……

你羞答答打开天鹅的翅膀
我们在时间里相拥而眠
……
我吻了你湿漉漉的双眸
天下的快乐全聚集你的眼中
你用湿漉漉的雨点回吻了我！
……

此诗将缠绵悱恻的情怀表现到了极致。

这就是牛黄先生的爱情诗，原来爱情诗可以如此写，想必不知多少年后，或许只要看过牛黄先生诗之人，都不会忘记他那些抽象的、强烈的、坦露的表达，那些微妙的诗句：比如他的《我和你》《情书第四十七》用比喻象征的手法："在这个月色溶溶的夜晚/我用高脚杯盛你……我要把你胸前的小白兔/放养在我腮边的草地……"又如《一切正在继续》（牛黄诗集《我爱你》幻想连篇，层出不穷，狂野之极。其实作者在现实中，他与妻子却是恩爱有加，我曾参加世界汉诗协会时，看到了他们伉俪在张家界留下深情恩爱的身影和美好的足迹。爱情是甜美的，是令人向往和陶醉的。问世间情为何物，只教人生死相许。

下面我以一首词结笔，以此来感怀牛黄先生的爱情诗同其自身的一些感概。

一剪梅·情字书成浓淡看（新韵）

情字书成浓淡看。爱也天然，恨也天然。
无端琴瑟几根弦，瘦了相思，肥了红莲。

锦字红笺大雁传。风送芳菲，月照花前。
心思了了有无间，才下心田，又上眉尖。

（本文作者：冰雪芹，本名罗雪，号白莲居士，中国诗词协会副会长，世界汉诗学会理事，中华诗词传世经典著作家，中华当代文学学会理事，北京伊人文学社副社长。）

图书在版编目（C I P）数据

正午日记：牛黄爱情诗三部曲 / 黄吉韬著. -- 武汉：长江文艺出版社， 2015.7

ISBN 978-7-5354-7918-1

Ⅰ. ①正… Ⅱ. ①黄… Ⅲ. ①爱情诗－诗集－中国－当代 Ⅳ.①I227

中国版本图书馆 CIP 数据核字(2015)第 059625 号

策　　划：大　卫

责任编辑：沉　河　胡　璇　　　责任校对：陈　琪

装帧设计：大卫书装　　　责任印制：左　怡　包秀洋

出版：长江出版传媒　长江文艺出版社

地址：武汉市雄楚大街 268 号　　邮编：430070

发行：长江文艺出版社

电话：027—87679360

http://www.cjlap.com

印刷：柳州太奇高新印业有限公司

开本：640 毫米×970 毫米　1/32　印张：12.25　插页：4 页

版次：2015 年 7 月第 1 版　　2015 年 7 月第 1 次印刷

行数：5544 行

定价：49.80 元

版权所有，盗版必究（举报电话：027—87679308　87679310）

（图书出现印装问题，本社负责调换）